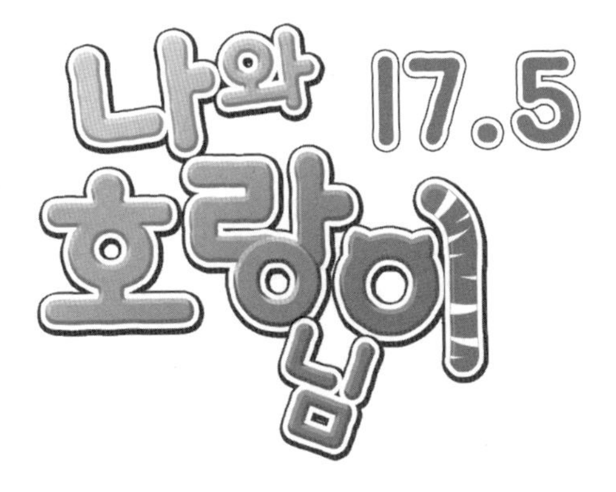

갈택이어

제2부 나와 호랑이님 연(緣) 외전

카넬 지음

영인 일러스트

목차

랑이의 경우

무덥고 습하다.

아무리 산속이라고 해도, 집 근처에 계곡이 흐른다 해도, 시원한 바람이 불어온다 해도.

여름은 여름이며 장마는 장마다.

"불쾌지수가 폭발하겠네……."

평소보다 한 시간 늦게 일이 끝난 뒤.

나는 대청마루에 앉아 부채질을 하면서 흐릿한 하늘을 올려다보았다.

비라도 시원하게 내려 준다면 좋겠지만, 안타깝게도 그럴 일은 없다. 비가 온다 해도 찔끔찔끔. 그 탓에 습도는 더욱 더 올라가서 부채질을 아무리 해도 더운 바람뿐이다.

……페이의 방으로 놀러 갈까. 그 녀석 방에는 컴퓨터하고 서버 때문에 언제나 에어컨을 틀고 있는데 말이야.

물론 다들 알고 있겠지만 내게는 그럴 수 없는 이유가 없다.

"으냐아아……."

녹아내린 치즈처럼. 아니, 옛날이야기도 있으니 녹아내린 버터 같다고 말하는 게 좋겠지. 호랑이 입장에서는 좋은 이야기는 아니었지만 말이야.

어쨌든, 내가 에어컨 빵빵한 페이의 방으로 가지 못하는 건 내 옆에 통통한 배를 드러내 놓고 앉아 있는 내 작은 호랑이 신부(예정) 때문이다.

세희가 뭐라고 하거든.

나는 더위에 백기를 든 랑이를 바라보며 잠시라도 더위를 잊기 위해 노력했다.

"삼 년 묵은 간장 같이 시커먼 놈의 눈이 있는데 아무리 덥다 해도 꼴이 그게 무엇이느냐, 흰둥아."

여동생 바라기 녀석의 짜증 나는 목소리 때문에 바로 의미가 없게 됐지만.

그렇다 해도 냥이가 나와 다른 계절에서 살고 있다는 건 아니다. 평소라면 뽀송뽀송할 꼬리털이나 귀에 난 털이 습한 날씨 때문인지 축 가라앉아 있으니까. 다른 게 있다면, 보기만 해도 시원해 보이는 복장이지만 절대로 가까이 가고 싶지 않은 자신의 창귀, 가희에게 부채질을 시키고 있다는 걸까.

그 대신 자기는 랑이를 위해 부채질을 해 주고 있지만.

"무슨 말이느냐, 검둥아? 내가 성훈이에게 못 보여 줄 곳이 어디 있다는 것이느냐?"

아니, 있다. 있으니까 그렇게 보란 듯이 옷을 팔락이지 마

라. 그리고 바지의 단추도 좀 잠그고. 아무리 덥다 해도 단추까지 풀어서 흰색 팬티가 빤히 보이는 건 여자아이로서 좀 아니라고 생각하지 않냐?
"그런 문제가 아니니라."
냥이도 나하고 똑같이 생각했는지 살짝 눈썹을 찌푸리며 말했다.
"으냐아?"
"보는 눈이 있고 없고를 떠나, 여자아이는 조신하고 단정하게 있어야 하는 법이니라."
그렇게 말하는 냥이의 티셔츠도 땀 때문인지 모르겠지만 평소보다 몸에 달라붙어 있는 기분이다.
자세히 안 봐서 모르지만.
자세히 볼 생각도 없지만.
그냥 그렇다고.
응.
그래도 랑이보다는 낫지.
"프로 불편러들이 물고 뜯고 즐기기 좋은 말씀을 하시면 곤란합니다, 냥이 님."
물론 세희와 비교하자면 할 말이 없는 것이 사실이다. 저 녀석은 우기 중의 동남아에 데려가도 땀 한 방울 흘리지 않을 게 분명하다.
"흥! 내가 틀린 말이라도 하였느냐?"
"어떻게 생각하십니까, 주인님?"

교활하고 치사하게 내게 답변을 돌린다.

"어떻게 생각하긴 뭘 어떻게 생각해."

사실대로 말하면 이번에는 냥이의 손을 들어 주고 싶다. 아무리 그래도 랑이는 너무 개방적인 면이 있으니까. 하지만 그랬다가는 냥이의 콧대는 솟아오르고 랑이의 살짝 솟아오른…….

크흐으으음!!

요즘 피곤한 데다가 날씨도 더워서 그런지 자제심이 사라졌네.

"더워 죽겠다고 생각하지."

나는 대답을 피했고 랑이가 다 죽어 가는 목소리로 말했다.

"왜 이렇게 더운 것이느냐…… 옛날에는 이러지 않았는데……."

"그렇게 더우면 백두산에 있는 내 굴로 같이 가겠느냐. 거기는 여기보다 시원하느니라."

랑이가 혼자 갈 리가 없으니, 졸지에 월북할 위기에 빠져 버렸군.

"안주인님께서 원하신다면 장소를 옮겨 드릴 수 있습니다."

아니면 눈보라 치는 설산에서 조난을 즐기거나.

내가 남몰래 마음의 준비를 하는 와중에 옆의 랑이가 말했다.

"그럴 마음도 들지 않느니라."

예전에 세희가 보여 준 애니메이션에서 나온, 일하기 싫어하는 니트 아이돌의 모습이 겹쳐 보이는군. 언제나 활기찬 랑이라도 일주일간 계속된 이 무덥고 습하며 칙칙한 날씨에는 정신 에너지 충전량보다 소비량이 더 많았던 것 같다.

언제나 활기찬 랑이도 좋지만 이렇게 꼬리고 귀고 축 늘어진 모습도 나름대로 좋다고 생각하고 있을 때.

"……."

"……."

냥이와 세희의 날카로운 시선이 느껴졌다.

왜 그렇게 쳐다보는 건데? 내가 뭘 잘못했다고.

나도 이 날씨의 희생자 중 한 명이야.

"흰둥이가 이 지경이 될 때까지 너는 도대체 무엇을 한 것이느냐?"

일했다.

"이런 상황에서도 강 건너 불구경이나 하고 계실 생각이십니까."

나, 일하다가 방금 나왔다니까?

하지만 보기만 해도 더워지는 검은색 녀석들은 내가 랑이를 위해서 뭔가 해 주기를 바라는 눈치다.

자기들의 의견은 단칼에 잘렸기 때문인가.

……뭐, 말은 그렇게 했지만 나도 랑이가 너무 늘어져 있는 게 안쓰러우니까 한마디 할까.

"그러면 근처에서 물놀이라도……."

"요 근래 내린 비 때문에 흙탕물입니다."

"작은 고무 수영장이라도 꺼내서……."

"그 귀는 도대체 왜 달고 있는 것이느냐. 우리 흰둥이가 그럴 마음조차 들지 않는다는 말, 못 들었느냐?"

나보고 어쩌라고, 이 자식들아.

가뜩이나 날이 더워서…… 더워서…….

아, 그래. 그런 말이 있었지.

"랑이야."

"응?"

나는 고개만 살짝 돌려서 날 바라보는 랑이의 허리를 두 손으로 잡고서.

"으냐앗?"

영차, 하고 들어 올려 내 무릎 위에 올려놓았다.

"자, 잠깐, 성훈아."

그것으로 끝나지 않고 두 팔과 두 다리로 랑이를 꽈악 껴안았다.

후끈후끈하군. 핫 팩을 끌어안은 느낌이다.

"더우니라! 더우니라, 성훈아!"

"거기다 땀 때문에 끈적끈적하지."

"그, 그렇게 끈적거리지는 않으니라!"

말은 그렇게 하지만 사실은 사실이다. 지금 랑이의 살결을 툭툭 치면 찰싹찰싹 소리가 날 것 같으니까.

"그래서 놔줬으면 좋겠어?"

"그, 그건 아니지만……."

스킨십>>>>넘을 수 없는 4차원의 벽>>>>더위.

품속에서 꼼지락꼼지락하는 걸 보니, 나름 기운이 난 것 같다.

"네놈은 도대체 무슨 짓을 하는 것이느냐?"

"더위 드셨습니까."

검은 녀석들은 질색을 했지만.

"이열치열이라는 말 모르냐."

"네 녀석은 꼭 이럴 때만 된장찌개에 카레를 넣는 것 같은 발상을 하는구나."

그건 아니지.

"이열치열이라는 속담을 그런 식으로 해석하시는 분은 처음 뵙습니다."

나도 없다.

왜 없었는지도 알 것 같고.

랑이를 안고 있자니 후끈후끈하다는 말로는 내가 느끼는 열기를 설명하기가 부족할 정도거든.

날이 얼마나 더운지 랑이와 맞닿은 부분이 땀으로 금방 축축해지고 있다.

나는 고개를 숙여 랑이의 어깨에 턱을 올리고서 말했다.

"샤워하러 갈까?"

"응. 그게 좋을 것 같으니라."

나는 랑이를 품에 안은 채 자리에서 일어났다.

결론.

날이 더우면 이상한 짓 하지 말고 찬물로 샤워를 합시다.

나래의 경우

"아~ 너무 더운 거 있지, 성훈아?"

나는 보란 듯이 탱크톱을 펄럭이며 분홍색 브래지어로 감싸여진 커다랗고 탱글탱글한 가슴을 이용해 내 시선을 잡아끈 나래에게 말했다.

"……방에 아직 에어컨의 냉기가 남아 있는데 그런 말을 해도 말이지."

평소보다 많은 양의 일을 끝낸 뒤. 이 무더위 속에서 나래는 어떻게 더위를 이기고 있는가 궁금해서 들어간 방은, 한여름의 장마 기간이라고 생각할 수 없을 만큼 시원한 공기가 가득 차 있었던 것이다!

덕분에 입술이 삐죽 나온 내게 나래는 고개를 갸웃거리며 말했다.

"무슨 소리야, 성훈아. 내 방에 에어컨 같은 건 없는걸."

……그러네?

나래의 말대로 방 안을 둘러봐도 에어컨은 고사하고 선풍기 하나 보이지 않는다.

그럼 뭐지, 방 안에 가득 차 있는 냉기는?

"아!"

문뜩, 머릿속에서 한 가지 속담이 떠올랐다.

"여자가 한을 품으면 오뉴월에도 서리가 내린다더니, 같은 말 하면 화낼 거야."

그걸 어떻게 아셨습니까.

혹시 생각을 읽는 요술이라도…….

아, 잠깐.

"요술이야?"

"정답."

내 소꿉친구가 점점 평범한 인간에서 벗어나고 있는 건에 대해서.

그런 말을 하고 있는 나도 이제 더 이상 인간은 아니지만 말이지.

"정미 언니한테 배웠는데 꽤 좋더라고."

"그러면 계속 써 줬으면 좋겠는데."

내가 방에 들어오자마자 그만뒀는지, 조금씩 방 안의 온도가 올라가는 게 느껴지거든.

하지만 나래는 그렇게 생각하지 않는 것 같다.

"혼자 있을 때면 몰라도 성훈이가 내 방에 찾아와 줬는데 그러는 건 아깝잖아?"

"뭐가 아까운데?"

"정말 몰라서 물어?"

나래의 혀가 뱀처럼 입술을 핥는다.

아. 알겠습니다. 지금 스위치 들어가셨네요.

에로에로 스위치가 말이죠.

"전 이만 나가 보겠습니다."

"괜찮아. 더 있어도 돼."

나래가 슬쩍 몸을 움직여 문 앞을 가로막는다. 집안에서 신체적으로도 요력으로도 가장 약한 나로서는 어떻게 할 방법이 없는 게 사실이다.

그런데 말이지.

조금 전에 말했지만 내가 들어왔을 때는 방 안은 나래의 요술이 만든 냉기로 가득 차 있었다. 하지만 지금은 왠지 바깥보다 방 안이 더 더운 느낌이다. 가만히 서 있기만 해도 땀이 줄줄 흐르고 있고.

이거 혹시…….

"그건 그렇고 더운데…… 좀 벗어도 되지?"

내가 대답하기도 전에 나래가 탱크톱을 훌러덩 벗어 버렸다.

역시나였습니다! 냉기를 내뿜는 요술이 있다면 그 반대도 당연히 있겠죠!

위로는 브래지어, 아래는 핫팬츠만 입고서 요염하게 미소 짓는 나래를 앞에 두고, 나는 어째서인지 입안이 바짝 말라 가는 것을 느꼈다. 그래서인지, 나도 모르게 꿀꺽, 하고 침을 삼켜 버렸다.

"후훗."

그 소리를 또 들었는지 나래의 입가에 미소가 짙어진다.

아니, 그거 아니거든. 네가 생각하는 그런 거 아니거든.

"그거 알아, 성훈아?"

"뭐, 뭐?"

"가슴이 크면 여름에는 여러모로 불편하다는 거."

아, 그래. 전에 들은 적 있지.

"그래서 말인데."

나래가 요술을 써서 가슴골에서 무엇인가를 꺼내려는 것을 본 나는 그 즉시 외쳤다.

"어이쿠! 제가 아직 할 일이 끝나지 않았다는 것을 깜……."

"땀 좀 닦아 줄래?"

나래의 손에 들린 것은 수건. 아니, 아니다. 조금 전까지 나래의 손에 들려 있던 수건은 어느새 내 손에 억지로 들려 있었다.

"……저기, 나래야? 아무리 그래도 이건 좀 아니지 않을까?"

"응? 왜? 우리 사이인데 뭐 어때서?"

나래는 빙긋 웃었다. 랑이와 버금갈 정도로 순수한 웃음이었다.

순진이 아니다. 순수다. 이 차이에 대해서는 각자 국어사전을 찾아보기로 하자.

그렇게 내가 잠시 현실 도피를 하고 있는 사이.

"아니면……."
나래의 표정이 어두워졌다.
"성훈이는 내가 흘린 땀은 더러워서 닦아 주기 싫은 거야?"
그것만으로 모자란지 고개를 푹 숙이고 주먹을 꾹 쥐고는 어깨까지 부들부들 떤다. 내 말 한마디에 지금 당장이라도 울 수 있다는 듯이.
알고 있다. 알고 있어. 아무리 내가 바보라고 해도 이 정도는 알고 있다.
하지만 세상에는 알고서도 넘어가야 하는 거짓말이 있는 법이다.
"아니, 그런 거 아니니까. 응. 아니니까."
"그래? 그럼, 자."
나래가 자신의 가슴을 두 손으로 들어 올렸다. 출렁하고 흔들리는 두 개의 탐스러운 성지에 내 몸이 반응해, 안 그래도 더운 날에 뜨거운 열기를 더하려고 한다.
한 가지 묻고 싶군.
도대체 우리 나래가 왜 이렇게 돼 버린 겁니까아아아아!!
제 탓입니다.
그렇다면 어떤 식으로든 책임을 져야 하겠지요.
"다, 닦아 주기만 하는 거다?"
"응. 지금은 그거로 만족해 줄게."
"……지금은?"
"싫어? 그러면……."

"좋습니다! 아주 좋아요!"

나는 슬쩍 가슴을 들어 올린 손을 아래로, 정확하게 말하면 핫팬츠의 단추 부분으로 내리려고 하는 나래를 말렸다.

그래. 각오를 하자.

큰 각오를!

"그럼 눈을 감아 줄래?"

"왜?"

"……보고 있으면 부끄러워서 그래."

"……응. 알았어."

자기가 이런 상황을 만들었음에도 불구하고, 나래는 살짝 볼을 붉혔다.

수건을 든 손이 나래의 신비하고 아름다운 젖과 꿀이 흐르는 땅에 살며시 다가갈 때는 어떻게 알았는지 바르르 몸을 떨기까지 한다. 하지만 나래는 그러면서도 가슴을 내 쪽을 향해 내밀었다. 조금이라도 더 빨리 해 주기를 바란다는 듯이.

그래서 나는…….

각오한 대로 행동했다.

"죄송합니다아아아아!!"

이런 남자의 꿈 같은 상황에서 도망치는 것도 각오가 필요하지! 하지만 어쩔 수 없잖아!

나는 내 안의 욕망을 아니까!

그래서 나는 나래가 눈을 감은 것을 이용해 재빠르게 옆으로 움직여 문을 뚫고 집 밖으로 도망쳤다.

어느새 하늘에서 비가 내리고 있다는 것과 내가 지금 맨발이라는 건 그리 중요하지 않다.

"자, 잠깐만! 강성훈! 이러는 게 어디 있어! 잔뜩 기대하게 해 놓고! 너! 두고 봐!"

등 뒤에서 쫓아오는 나래의 실망감과 분노로 가득 찬 목소리도 못 들은 거로 하자!

하하하! 하하하하!

지금 내 뺨을 타고 흐르는 것은 차려진 상을 거절해야만 하는 사나이의 슬픔인가, 아니면 단순히 하늘에서 내리고 있는 장맛비인가.

나는 그 진실을 영원히 알 수 없을 것이다.

치이와 폐이의 경우

"……."

"……."

치이는 볼에 큼지막한 땀방울을 흘리며 내 시선을 피했다.

이 녀석, 요새 잘 안 보인다 했더니…….

하나뿐인 오라버니가 더위에 시달리면서 평소보다 많은 양의 업무를 하고 처리하고 있는 동안, 여동생인 너는 혼자서 시원한 에어컨 바람의 은총이 가득한 폐이의 방으로 도망쳤던 거냐.

[둘 다 왜 그럼?]

필요에 의해 언제나 에어컨을 빵빵하게 트는 방 안에서 지내는 게 허락된 폐이는 지금 상황을 이해 못하는 것 같았다.

"아우우우, 아무것도 아닌 거예요. 오라버니가 저를 음흉한 눈으로 보고 있어서 당황한 것뿐인 거예요."

야.

[??]

페이도 이상하게 생각했는지 물음표를 띄워 놓고서 글을 썼다.

[성훈 야한 거 ㅇㅈ? 어, ㅇㅈ하는 각 오지구염~ 앙~ 기무찌~]

잠깐만.

내가 더위를 먹었나, 지금 이상한 걸 본 것 같은데.

나는 눈을 비벼 보았다.

그럼에도 페이가 쓴 글은 변하지 않았다.

너무나 짧은 순간, 내 머릿속에서는 많은 생각이 스쳐 지나갔다. 그 중에서 정말 유명한 문구가 툭 튀어나왔다.

심연을 엿보는 자, 심연 또한 너를 엿보고 있다는 것을 잊지 마라.

"하아……."

어쩌다가 이 녀석이 여기까지 오게 된 걸까.

나는 작게 한숨을 쉬고는 페이가 앉은 컴퓨터용 의자의 척추에 해당되는 부분을 손으로 잡고 뒤로 쭉 뺐다.

[?!]

그런 상황에서도 페이는 키보드와 마우스에서 손을 떼지 않았다. 덕분에 몸이 '〈' 같은 꼴이 된 건 별 상관없겠지.

[왜 그럼? 양심적으로 ㅇㅈ할 건 ㅇㅈ해야 되는 부분 아님? ㅋㅋㅋㅋㅋㅋㅋㅋㅋㅋㅋ ㅂㅂㅂㄱ, ㄹㅇㅍㅌ?]

나는 말없이 페이의 관자놀이에 주먹을 가져다 댔다.

내가 지금부터 무슨 짓을 하려는지 눈치챈 페이가 양 갈래 머리를 빙글빙글 돌리며 글을 썼다.

[폭력 ㅇㅈㄱㅇ! ㅈㄹㄱㅇ!]

나는 말했다.

"누가 그런 말 써도 된다고 했냐아아아아아!!"

"아야야야야야야야야야얏!!!"

잠시만 기다려 주세요.

[아파! 장난 아니게 아파!]

페이는 바닥에 주저앉은 채 눈물이 고인 눈으로 나를 바라보며 그렇게 항의했다. 나는 페이의 항의에 답하지 않고 고개를 돌려 치이를 바라보았다.

"히익?"

내가 지금 좀 무섭긴 하겠지.

"너, 페이가 저런 말투 쓰는 거 알고 있었어?"

치이가 격하게 고개를 흔들며 말했다.

"아, 아닌 거예요! 오늘 처음 본 거예요!"

그러면서 슬쩍 눈길을 피하는 게 수상하다.

"진짜? 거짓말 아니지? 한 번도 본 적 없는 거 맞지?"

뚫어지게 바라보자 치이가 식은땀을 흘리며 고개를 풀썩 숙이고서 진실을 고했다.

"사, 사실 한 번 보긴 한 거예요. 그래도 제가 이해를 못하니까 그 다음부턴 안 썼던 거예요."

"그러냐."

"오, 오라버니께 말씀드려야 했던 거예요?"

귀 위 머리카락을 파닥이면서 바들바들 떠는 치이를 안심시키기 위해 고개를 저었다.

말해 줬으면 좋았겠지만, 설마 치이가 자기 친구 녀석이 나한테 저런 글을 써서 보여 줄 거라고 어떻게 생각했겠냐. 한 번 쓴 다음에 다시는 안 썼다고도 했고.

"휴우……."

치이가 안도의 한숨을 쉬었고, 나는 폐이를 바라보았다.

여전히 억울해 죽겠다는 눈으로 나를 보고 있다.

"야."

[이건 부당한 폭력임! 난 아무 잘못도 안 했음!]

그런 말투가 좋지 않다는 걸 어떻게 설명해야 폐이가 잘 알아들을까.

……자신이 없네.

가뜩이나 나는 이론에 약하고, 원래부터 폐이는 인터넷에 물든 말투를 썼으니까 말이야.

내 능력으로는 폐이가 다시는 그런 말투를 쓰지 못하도록 제대로 설명하고 설득할 수 없겠지.

이럴 때는…….

그래. 세희는 그렇게 말했지.

진료는 의사에게 약은 약사에게.

나는 페이에게 말했다.

"진짜 그렇게 생각하냐?"

페이가 고개를 끄덕였다.

"후회 안 하지?"

[응?]

페이가 몸을 움찔 떨고서는 슬쩍 모니터를 바라보았다. 거기에는 아까 페이가 썼던 말투로 적힌 글이 무수히 올라와 있는 게시판이 있었다.

그것에 힘을 얻었는지 페이가 고개를 끄덕이며 글을 썼다.

[성훈이가 ㅇㅈㄱ!]

"그래?"

나는 말했다.

"그러면 나래한테 가서 나한테 그랬던 것처럼 똑같이 글을 써 봐. 그러고도 안 혼나면 내가 사과하마. 그리고 용서를 비는 마음으로 네가 바라는 거 한 가지 들어줄게."

[ㄹㅇ?]

"아, 그래. 약속한다."

[ㄱㅇㄷ!]

그리고 페이는 자신의 미래가 어떻게 될지 생각도 하지 못하고 바람처럼 방 안에서 달려 나갔다.

불쌍한 녀석. 자기가 어떤 꼴을 당하게 될지도 모르고. 부디, 페이가 즐겨 입는 드레스가 수의가 되지 않기를 바랄 뿐이다.

"……하아."

피곤해지네.

나는 주인이 자리를 비운 컴퓨터 의자에 털썩 앉았다.

"……오라버니."

"응?"

"괜찮으신 거예요?"

나는 반쯤 죽어 버린 눈으로 아무 말 없이 치이를 바라보았다.

"아, 아우우우?"

내 시선이 부담스러운지 치이가 어깨를 움찔거리며 고개를 숙였다.

……그러고 보니 이상하군.

분명 어제도 같이 지냈는데, 치이와 만나서 대화를 나눠 보는 게 정말 오래된 것 같단 말이야.

그런 생각이 들어서 그럴까.

"치이야."

"예, 오라버니."

나는 치이를 향해 두 팔을 벌렸다.

"왜 그러시는 건가요?"

고개를 갸웃거리는 치이를 향해 나는 말했다.

"이리 와. 오랜만에 안아 보자."

"꺄우우우우웃?!"

치이가 얼굴을 붉히더니 앙증맞은 두 손을 가슴팍 앞에서 움켜쥐며 귀 위 머리카락을 격하게 파닥였다.

"가, 갑자기 무슨 말씀을 하시는 건가요?!"

"뭐가."

"아, 아, 안아 보자고 하신 거예요!"

"그게 뭐 이상하냐?"

나는 태연하게 말했다.

하늘을 우러러 한 점 부끄럼이 없으니까.

그에 비해 치이는 머리 위에서 증기가 뿜어져 나올 것처럼 얼굴이 빨개진 채로 이쪽을 보지도 못하고 있다.

"아우, 아우우우우~! 오라버니는 가끔씩 너무 이상해지는 거예요!"

"아니, 나는 정상이라고 보는데."

생각해 보자.

눈앞에 치이 같이 귀여운 여동생이 있어. 그러면 한 손으로 허리를 끌어안고 어깨에 턱을 기대고서 머리를 쓰다듬으며 한껏 그 체취를 들이마시고 싶어지는 게 당연한 거잖아?

맞지?

내 말 맞지?

나만 그런 거 아니지?

"아닌 거예요!"

하지만 치이는 고개를 격하게 흔들며 그렇게 말했다.

그러면 뭐 어쩔 수 없지.

"에잇."

나는 치이의 손을 잡아당겼다.

품속에 쏙 하고 들어온 치이의 따듯하고 부드러운 몸의 감촉이 페이의 이상한 말투로 피폐해진 내 마음을 상냥하게 위로해 준다.

에어컨에 감사해야겠군. 에어컨이 없었더라면 더위로 인해 불쾌감을 아주아주아주아주 조금은 느꼈을 테니까.

"아우, 아우우우우~~!!"

하지만 지금은 치이가 품 안에서 바동바동대는 것도 기분 좋구나.

이렇게 하루 종일 있고 싶은 기분이다.

그렇게 생각하고 있을 때.

"누가 그런 말 쓰라고 했어?!"

나래의 불호령과 함께 굉음이 집 안을 뒤흔들었다.

"꺄우우웃?"

내가 잡고 있지 않았다면 집 천장을 뚫고 나갔을 기세로 치이가 화들짝 놀랐다.

"지, 지금 뭐인 건가요? 나래 언니가 화난 건가요?"

"아."

나는 고개를 끄덕였다.

"나래는 그런 쪽에 많이 깐깐하거든."

내가 어렸을 때 할 말 못할 말을 가리지 않았던 일 때문에.

"……페이는 괜찮은 건가요?"

"……글쎄다."

"오, 오라버니?"

나는 치이의 머리를 쓰다듬으며 말했다.

"치이는 절대로 그런 말투 쓰면 안 된다? 알겠지?"

"아우우우…… 쓰고 싶어도 이상해서 못 쓰겠는 거예요."

"그래, 그래. 그렇게 착하고 고운 말만 써 주는 아이로 자라줘라."

치이가, '오라버니는 오지구요, 지리는 거예요.' 같은 말을 쓰면 나는 그런 말을 가르쳐 준, 아마도 페이가 되겠지만, 녀석에게 세상을 살아가는 데 있어서 뭐가 중한지 알려 주게 될 테니까.

"……애 취급당하는 것 같아서 조금 싫은 거예요."

치이는 막상 내 과보호가 마음에 안 드는지 입을 삐쭉 내밀었지만, 내 품에서 벗어날 정도는 아니었다.

그렇게 나는 두 눈이 퉁퉁 불어 버린 페이가 돌아올 때까지 치이를 끌어안고 스킨십을 즐겼다.

여담이지만, 그날 이후 페이가 그런 말투로 글을 쓰는 날은 다시는 찾아오지 않았다.

아야의 경우

보기만 해도 더워 보인다는 말이 있다.

우리 집에 있는 아이들 중, 그 말이 가장 잘 어울리는 건 페이와 세희일 것이다. 하지만 페이는 에어컨이 빵빵한 방에서 거의 나올 생각을 하지 않고, 세희는 더 이상 언급해 봤자 입만 아프지.

그렇다면 그 다음은 누구일까.

"크으으응……."

바로 대청마루에 엎드려 뻗어 있는 아야다.

그도 그럴 게 말이야.

"더우면 옷 갈아입어."

아야의 옷은 길다. 아래는 그래도 치마니까 괜찮겠지만…….

괜찮나? 너무 길어서 바지나 다를 게 없을 것 같은데? 하지만 그것도 상의와 비교해 보면 나은 편이지.

상의의 경우, 특히 소매가 길어서 손도 제대로 안 나온다.

아무리 소매를 걷어 본다 해도 큰 효과가 없는 게 사실.

이런 무더위 속에서는 세희에게 반팔, 반바지를 부탁해서 갈아입는 게 좋지 않을까 싶다.

그것도 아니라면 남의 눈도 없으니 속옷만 입고 있든지.

"킁! 싫은걸!"

하지만 아야는 아버지와의 추억이 담긴 소중한 옷을 갈아입을 생각은 없는 것 같다.

"그리고 더운 건 옷 때문이 아니란 말이야, 이 엉뚱아."

그렇게 말하는 아야의 꼬리가 살랑살랑거린다.

그래…… 아야가 가장 더워하는 건 저 풍성한 꼬리털 때문이다. 풍성하기로 따지면 바둑이에게도 지지 않지.

그뿐일까.

바둑이는 머리카락이라도 짧지, 아야는 한 번 풀어헤치면 수습이 불가능할 정도로 머리카락을 길게 기르고 있단 말이지.

"……털이라도 좀 자를래?"

"키이잉?"

야.

많아진 일 때문에 지쳤지만, 더워하는 널 위해서 부채질을 해 주는 아빠에게 향할 만한 시선이 아니다.

"지금 그걸 말이라고 하는 거야, 이 한심아?"

"많이 자르라는 게 아니라 살짝만 다듬으라고. 그러면 좀 시원해질지도 모르잖아."

왜, 날이 더워지면 집에서 기르는 야옹이나 멍멍이의 털을 밀기도 하잖아?

나는 그런 이유였는데 말이다.

"정말 섬세하지 못해, 이 무신경아."

아야는 쿵! 하고 삐쳐서는 내 반대쪽으로 고개를 돌린다. 물론 나도 아야의 친아버지께서 꼬리털을 칭찬하셨다는 것도 기억하고 있다. 아야의 꼬리털은 바둑이와 버금갈 정도의 감촉이니까 말이야.

하지만 그건 그거고 이건 이거지.

"너무 더워 보여서 그랬다. 화 풀고."

"……."

아야는 꼼짝도 하지 않았다.

그런다고 가만히 보고 있을 내가 아니지.

나는 마룻바닥에 붙어 있는 아야의 허리를 살짝 들어서 머리가 내 쪽을 향하도록 몸을 돌렸다.

"키이잉?"

아야가 당황해하도록 놔두면서 나는 옷의 뒷덜미 부분을 잡아 살짝 들어 올려서 내 허벅지 위에 턱을 내려놓았다.

"뭐 하는 거야, 이 궁금아?"

나는 대답을 잠시 뒤로 미루고 다시금 뒷덜미 부분을 잡아 틈을 살짝 벌리고서 그 안을 향해 부채질을 해줬다.

"이편이 좀 시원할까 해서."

"……쿵. 그렇긴 하네, 이 센스쟁이야."

내 서비스가 마음에 들었는지 두 팔을 앞으로 뻗어서 내 몸에 걸친다. 그러면서 살짝 보게 됐는데.

아야의 등 라인은 정말 예쁘구나. 그 밑에 살짝 보이는 봉긋이 솟아오른 엉덩이와 분홍색 팬티도 말이지.

알고 있었지만, 몇 번이나 봤지만, 예쁜 거는 예쁜 거다. 만져 보고 싶지만 이런 날씨에는 좀 아니겠지.

……다른 문제 같은 건 없겠지?

응. 아마 없을 거야.

"그런데 이 응큼아."

아야의 목소리가 능글맞아지고 나를 부르는 호칭이 응큼인 것을 보아 내가 지금 어디를 보고 있는지 들킨 것 같다.

"왜."

하지만 어른이 된 아야와 알몸으로 목욕을 해도 아무런 문제없는 내게 이 정도는 아무것도 아니지.

"그렇게 더워 보여?"

"안 그러면 부채질을 해 주고 있겠냐."

나도 더워 죽겠는데 말이야. 반바지에 반팔을 입고 있는 나지만, 온몸이 땀으로 끈적끈적하다.

생각 같아서는 지리산의 차가운 지하수로 시원하게 샤워라도 하고 싶은 기분이란 말이지.

그래 봤자 5분 시원하면 오래가는 거지만.

"……크으응."

그거 그렇다 치고, 아야는 내 대답이 그다지 마음에 안 든 것 같다. 섬세함이 부족한 말이라는 건 알지만…….

높은 습도와 함께 찾아온 높은 불쾌지수를 고려해 줬으면 좋겠다.

"옷이라도 갈아입고 올까? 그러면 괜찮을 것 같아?"

나는 말했다.

"나 때문이면 괜찮아."

소중한 추억이 있기에 다른 옷으로 갈아입는 일이 거의 없는 아야다. 거기다 아야가 옷을 갈아입는다고 해서 내가 시원해지는 것도 아니고.

더워 보인다는 것과 내가 더운 건 다른 이야기니까.

"키이이잉~! 어쩌자는 거야, 이 우유부단아!"

하지만 아야는 내 대답이 마음에 안 든 것 같다.

나는 두 팔로 내 몸을 치면서 수영이라도 하듯 두 다리로 물장구를 치는 아야의 머리를 쓰다듬으며 아버지께서 입에 담던 일이 잦으셨던 흘러간 옛 노래를 불렀다.

"이제 나도~ 지치네요~ 네 맘대로 하세요~"

아프다.

"키잉! 됐어, 이 바보 아빠!"

아야가 내 옆구리를 아프지 않게 할퀸 뒤, 두 손으로 바닥을 짚고 일어나 킹킹거리며 안방으로 향했다. 꼬리는 바짝 서 있지만 붉어지진 않은 걸 봐서 그렇게 화가 난 것 같지는 않다. 애초에 옆구리가 아프지도 않고.

그렇게 나는 다시금 느긋하게 부채질을 했다.

좀 살 것 같구먼…….

여기에 목침과 죽부인만 있으면 낮잠 자기 딱 좋을 것 같은데 말이야.

그런 느긋한 생각을 하고 있을 때.

“자!”

나보다 낮잠을 자기 어울려 보이는 녀석이 안방에서 나왔다. 화는 이미 풀렸는지 아야의 얼굴에는 ‘어떠냐?!’라는 건방진 미소가 가득했고, 양쪽 허리에 손까지 올려놓고 있다. 그 모습을 보고 있자니 아야가 우리 집에 돌아왔을 때가 기억나는군.

입고 있는 옷은 다르지만.

“어때, 이 무신경아?”

“……어, 잘 어울린다?”

“……왜 마지막에 목소리가 올라가는데?”

그거야, 그렇지. 응.

네가 입고 있는 게 삼베옷이니까.

어르신들이 여름에 즐겨 입으시는 그 삼베옷 맞다. 다른 말로는 마의(麻衣)라고도 부르는 그거. 구멍이 숭숭 뚫려 있지만 속옷은 보이지 않는다. 왜 그런지는 자세히 생각해 봤자 의미가 없을 테고.

저 옷을 아야에게 준 녀석은 마음만 먹는다면 아이들하고 목욕을 할 때도 수증기나 알 수 없는 빛으로 주요 부위 같은 것도 가릴 수 있는 녀석이니까.

이야기가 옆으로 샜는데.

삼베옷이 나쁘다는 건 아니다. 거기다 생활 한복으로 디자인을 개량하기도 했고, 우리 아야는 무슨 옷을 입어도 귀여우니까.

하지만…….

그, 뭐랄까.

그동안 한국인으로 자라오면서 알고 있던 삼베옷의 이미지와 아야의 자신감 넘치는 자세의 심리적인 차이가 내게 있어 미묘한 대답을 하게 만든 것이었다.

"……이상해?"

어이쿠, 너무 잡생각이 길어져서 아야가 불안해한다. 아야를 달래 주자.

"응."

아야의 얼굴이 새빨개졌다.

"키이이이이잉!!"

아야가 분을 참지 못했는지 내게 다가와서는 앞에서 무릎 꿇고 앉아서 두 주먹으로 토닥토닥 때린다. 그렇게 아프지는 않지만 이런 날씨에 격한 움직임은 체온의 상승을 불러일으키지. 그러면 결국 손해 보는 건 나다.

아야와 딱 달라붙어 있으니까 말이야.

"미안, 미안. 하지만 삼베옷은 보통 할아버지, 할머니만 입고 다니시는 것밖에 못 봤다고. 그런 의미에서 이상하다는 뜻이었으니까, 응?"

"그러면 그렇다고 먼저 말하란 말이야, 이 답답아! 키잉! 난 또 속은 줄 알았잖아!"

누구한테 속았다고 생각했는지는 말 안 해도 되겠지?

나는 씩씩거리면서 나를 노려보는 아야를 보며 빙긋 미소 지었다.

"뭘 잘했다고 웃어, 이 심술아!"

아야가 두 손으로 내 뺨을 꾸욱 누른다.

아버지로서의 권위가 안 서는군.

그래서 나는 허벅지를 툭툭 두드렸다.

"크응? 왜?"

"부채질해 줄 테니까 누워."

"그런다고……."

"싫으면 말고."

"키이이잉~!"

나는 성난 아야의 목소리를 가락 삼아, 한여름의 기운을 받아 한껏 더 푸르러진 청산을 바라보며 부채질을 했다. 이러고 있자니 신선이라도 된 것 같군.

으허허허허.

그렇게 잠시 신선놀음을 즐기던 중.

툭.

아야가 내 허벅지를 베개 삼아 옆으로 누웠다.

나는 고개를 돌렸다. 아야는 정면을 바라볼 뿐 이쪽을 보지 않았다.

뭐, 됐나.

"그래, 그래. 착하다, 우리 딸."

아빠의 권위를 세워 주기로 결심했구나.

"……크으응."

나는 아야의 새빨개진 얼굴에서 열기를 식혀 주기 위해 느긋하게 부채질을 해 주었다.

소나기가 내려 더위가 가실 때까지.

성의 누나와 성린의 경우

며칠 동안 몇 번이나, 몇 번이나 말했지만.

덥다. 무덥다. 찌는 듯한 더위다.

친구라고 하나 있는 놈이라면 학교의 수돗가에서 알몸으로 샤워를 하면서…….

'나는 오늘부터 나체족이다! 누가 감히 나를 옷 입히겠는가! 누가 감히 나를 옷 입히겠는가! 누가 감히 나를……!'

라고 외치다가 회장한테 잡혀서 에스키모인들의 전통 복장으로 강제 환복하게 될 정도로 덥다.

하지만.

"왜 그런가요, 성훈?"

성의 누나는 찜통 같은 방 안에서도 평소와 다른 없는 모습으로 차분하게 앉아서 책을 읽고 있었다. 그것도 온몸이 따끈따끈한 성린을 품에 안고 말이야.

……이상하잖아!

“그게 왜 이상해, 아빠?”

성린이 그새 내 생각을 읽은 것 같다.

“안 덥나 해서.”

“덥나요?”

성의 누나는 고개를 갸웃거리며 말했다.

땀 한 방울 흐르지 않는 피부가 뽀송뽀송하다.

줄줄 땀을 흘리며 당장이라도 이 방에서 나가고 싶어 하고 있는 누군가와는 다르게.

“아빠는 더워?”

“응.”

“왜?”

아, 이건 안 좋다. 잘못하다가는 성린에게 여름이 더운 이유를 설명하다가, 흐르고 흘러 빅뱅이 무엇인지에 대한 이야기까지 나올 기세야.

별의 의지인 성의 누나가 있는 앞에서 그런 우주적인 이야기를 할 수 있을 리가 없고, 그 전에 내가 그렇게 똑똑하지도 못하니 최선을 다해서 대답을 회피하자!

“왜 그런 생각해?”

들켰지만.

언제나 성의 누나를 도와주기 위해서 마음을 열어 두고 있는 성린이니까 말이지.

나는 사실대로 말했다.

“날이 더우니까.”

"더우면 그런 생각하는 거야?"

……어제 하루 연락도 안 하고 뭐 했냐고 연인에게 추궁당하는 사람의 기분이 이러할까.

뭐라고 대답해야 할지 잔머리를 굴리고 있을 때, 보다 못한 성의 누나가 성린과 눈을 맞추며 말했다.

"그런 말 하면 안 돼요, 성린."

"왜?"

"누구나 생각의 자유가 있으니까요. 그것을 입에 담아 누군가에게 말하지 않는 이상, 문제 삼아서는 안 되는 거예요."

나로서는 차마 상상하지 못한 말이었지만.

"그런 거야?"

성린이 확답을 받고 싶었는지 또랑또랑한 눈으로 나를 바라보았다.

뇌까지 더위에 푹 절어 버린 나는 성의 누나의 의견에 따르기로 했다.

"응."

"응. 알았어. 그러면 안 물어볼게."

애송이라면 지금 안도의 한숨을 흘렸겠지. 하지만 나는 수많은 경험으로 단련되어 있는 몸이다.

"그러면 아빠는 왜 더워?"

왜 그렇게 성린이 자랑스럽다는 듯이 살며시 두 번 머리를 끄덕이는 겁니까, 성의 누나.

이해 못할 건 아니지만.

내가 성린이 어떤 아이인지 이해하고 있는 만큼.

"성린이는 지금 안 더워?"

이건 말 돌리기가 아니다. 성린이 스스로 생각하고 답을 찾을 수 있는 습관이 들도록 도와주기 위해서야.

성린이 머리를 끄덕였다.

"응."

"왜?"

"으음……."

바로 답이 나오지 않는 게 불만인지 볼을 부풀리던 성린이 고개를 뒤로 젖혀 성의 누나를 바라보았다.

"엄마도 안 덥지?"

"그래요."

"왜 그런 거야, 엄마?"

성의 누나가 말했다.

"우리는 인간이 아니니까요."

아니, 잠깐만요! 누나!

맞는 말인데! 분명히 맞는 말인데!

내가 당황한 걸 알았는지 성의 누나가 고개를 갸웃거리며 말을 이었다.

"왜 그런가요, 성훈? 제 말이 이상했나요?"

"아니, 그런 건 아니데…… 어투라든가, 느낌이라든가, 뭔가 알 수 없는 그런 게 좀 걸려서."

"……무슨 말인지 모르겠어."

"저도 그래요."

나도 그렇다.

"이해가 되도록 도와줄 수 있나요?"

내 뇌가 흐물흐물하게 되어 있다 해도 이건 간단하게 답할 이야기가 아닌 것 같다.

그래서 나는 잠시 동안 열심히 잔머리를 굴린 후에야 대답할 수 있었다.

"인간이 아니라는 말은 사람들 사이에서 비하의 의미로 쓰이는 경우가 많으니까. 물론 성의 누나하고 성린이 실제로 인간이 아니라는 사실과 우리 집에 요괴인 아이들이 많다는 사실을 기반으로 생각하면 성의 누나가 그런 뜻으로 말한 게 아니라는 건 당연히 알 수 있어. 하지만 17년 동안 평범한 인간으로서 살아온 경험은 어디로 사라지는 게 아니라서, 나도 모르게 처음에는 나쁜 뜻으로 먼저 받아들인 게 문제였던 것 같아. 바로 그런 게 아니라고 생각했어도 그런 기색이 겉으로 드러나서 누나가 이상하게 생각한 거고."

내 장황한 설명을 들은 성의 누나는 고개를 끄덕이고 뭔가 말을 하려 입을 열었다가 이내 다물고는 성린을 내려다보며 말했다.

"……이런 상황에 알맞는 말이 뭐였죠, 성린?"

성린은 자신감 넘치는 목소리로 말했다.

"세서 고생이야, 엄마."

"그래요. 성훈은 세서 고생이었던 거군요."

세서 고생이라니. 우리 집에서 물리력으로 최하위인 나한테 그런 말하지 마.

나는 고개를 가로젓고는 성린과 시선을 맞추며 말했다.

"성린아, 그럴 때는 사서 고생이라고 하는 거야."

"그런가요?"

성의 누나의 물음에 성린이 약간 볼을 부풀리며 말했다.

"……아빠 말이 맞아."

어린아이의 자존심 같은 거겠지. 그 마음을 이해하기에 나는 성린의 머리를 쓰다듬어 주며 말했다.

"괜찮아, 성린이도 거의 다 맞혔는걸."

성의 누나도 고개를 끄덕이며 말했다.

"그래요. 첫 번째 아이는 태어나고 수억 년 동안 제대로 절 도와주지 못했었는걸요. 성린은 정말 빠른 거예요."

……나와 성의 누나의 시간관념이 너무 달라서 뭐라고 할 말이 없습니다.

"그런 거야, 엄마?"

뭐, 성린이 기운을 차리고서 어깨를 으쓱으쓱 올라가…….

"그래요. 저와 첫 번째 아이는 그때까지만 해도 다른 생명과 이야기를 나눠 본 적이 없으니까요."

성린의 올라갔던 어깨가 언제 그랬냐는 듯 다시 축 내려가고, 눈동자에는 침울한 기색이 역력했다.

응. 아무리 생각해도 화제를 돌려야겠다.

"아, 그건 그렇고."

아무런 생각 없이 말을 꺼냈기에 내가 꺼낼 수 있는 화제는 제한되어 있었다.

“성의 누나하고 성린이는 어느 정도면 덥거나 춥다고 느껴?”

그 전까지 나누고 있었던 더위에 관한 이야기라든가.

“글쎄요…….”

“으응…….”

하지만 성의 누나와 성린이 진지하게 고민을 하는 모습을 보니 그게 또 정답인 것 같다.

잠시 고민을 하던 성의 누나가 고개를 들고는 성린에게 말했다.

“어느 정도 되나요, 성린?”

“6,000도랑 영하 273도.”

“그런가요.”

잠깐만, 누나. 그거 아니죠? 내가 생각한 그거 아니죠? 내 생각을 부정하고 싶어질 때 성의 누나가 태연하게 말했다.

“더운 건 6,000도 정도일 거예요.”

나중에 알아보았지만, 그건 태양의 표면 온도였다.

“추운 건 영하 273도일 거고요.”

이 역시 나중에 알아보았지만, 그건 절대 영도였다.

“……대단한데.”

예상을 뛰어넘는 대답에 나는 잠깐 얼이 빠져 버렸다.

“후훗.”

성의 누나는 어째서인지 입을 가리며 낮게 웃었지만.

성의 누나가 웃는 걸 보고 성린이 눈을 동그랗게 뜨며 말했다.

"왜 그래, 엄마?"

"재미있어서요."

"재미?"

"그래요."

성의 누나는 성린을 향해 고개를 끄덕이고서는, 이내 나를 똑바로 바라보았다.

그건 일종의 기습이었다.

올바르고 곧으며 애정이 가득 담긴 눈빛이었으니까. 나도 모르게 가슴이 두근거릴 정도로.

"이렇게나 다른 저와 성훈이, 서로를 사랑하게 되었다는 것이 재미있어요."

재미있다, 라는 말은 다른 단어로 바꿔도 틀리지 않을 것이다. 적어도 내게는 그렇게 들렸으니까.

"성훈은 그렇게 생각하지 않나요?"

조금 전의 눈빛은 거짓말이었다는 듯, 아주 조금의 불안감이 섞인 목소리로 성의 누나는 그렇게 내게 물었다.

그래서 나는 손을 들어 아주 잠시 동안 성린의 눈을 가렸다.

"응? 아빠, 왜 그래?"

아주 잠시 동안만.

나는 그 짧은 순간, 더위를 느끼지 못했다.

바둑이의 경우

더위 따위가 바둑이의 수면을 방해하는 일은 없었다. 그 모습을 보니 피로가 밀린 나도 잠깐 낮잠이라도 자고 싶었지만…….

일하자, 일.

조금만 더 고생하면 되니까.

성훈의 경우

"흐으음……."

며칠 전, 랑이에게 조신해야 한다는 말을 한 냥이지만, 기록적인 폭염을 동반한 장마에는 결국 두 손을 들어 버린 것 같다. 언제나 입고 다니던 재킷도 벗어 버리고 티셔츠 한 장만 걸치고서 마루에 앉아 얼음물에 발을 담그고 있으니까 말이야.

그런데도 담배는 태우지만.

담뱃불도 상당히 뜨거울 텐데.

나 같으면 더워서라도 안 피우겠다.

"……."

"……."

내 시선을 눈치챈 냥이가 눈을 부라리고는 곰방대를 내게서 멀리하며 말했다.

"네놈이 태울 수 있는 것이 아니니 눈독 들이지 말거라."

강성훈. 나이 17세. 청소년입니다.

"아니거든?"

애초에 나는 담배를 배울 생각이 없다. 몸에 담배 냄새가 배면 아이들이 싫어할 테니까 말이야.

……그러고 보니 냥이는 틈만 나면 곰방대를 입에 무는데도 신기하게 담배 특유의 역겨운 냄새가 안 난단 말이지?

저거 담배 맞긴 하나?

내가 그런 생각을 하고 있는 동안 냥이도 다른 생각을 한 것 같다.

"얼음물이 필요하면 직접 움직이거라."

"그러는 넌 가희한테 시켰잖아."

직접 보지는 않았지만 뻔하지.

내 말에 냥이는 입가를 슬쩍 올리며 건방진 표정을 짓고는 말했다.

"내 창귀에게 내가 일을 시킨 것이 뭐가 문제이느냐?"

그러게요.

"괜히 날 더운데 주위 온도 높이지 말고 용건이 없으면 저리 가거라."

손을 휘휘 젓는 걸 보니, 냥이도 날이 더워서 만사가 귀찮긴 한가 보다.

그렇다고 자리를 뜰 생각은 없지만.

"안타깝게도 그 용건이라는 게 있어서 말이다."

내가 냥이를 찾아온 건 다 이유가 있으니까. 그렇지 않고서야 가만히 있어도 짜증이 나는 이 날씨에 남의 성질 건드리기로는 둘째가라면 서러운 녀석을 만나러 올 리가 없잖아?

"……또 무슨 쓸데없는 일을 벌이려 하느냐?"

눈을 가늘게 뜨고 의심에 가득 찬 시선을 보내는 냥이에게 나는 어깨를 으쓱거리며 말했다.

"별건…… 아니, 중요한 일이다. 네 허락을 받지 못하면 안 되는 일이니까."

냥이가 입을 다물고 아무 말도 하지 않는 걸 보니 일단 듣고 나서 생각해 보려는 것 같다. 나는 냥이에게 말했다.

"2박 3일로 바캉스를 가고 싶거든."

바캉스.

우리나라 말로 하면 여름휴가라고 할 수 있겠지만, 바캉스와 여름휴가는 느낌이 많이 다르지.

나는 여름휴가라고 하면 에어컨 빵빵한 집에서 아이스크림을 빨면서 TV를 보는 것 같은, 실내에서 한적한 시간을 보내며 피로를 푸는 게 먼저 생각나니까.

하지만 바캉스는 다르다.

바캉스라는 단어를 떠올리는 순간.

내 머릿속에서는 새하얀 백사장과 에메랄드빛 바다. 푸른 하늘에 떠 있는 하얀색 구름. 작열하는 태양을 막아 주는 파라솔 아래에서 인류가 발명한 최고의 발명품인 수영복을 입은 나래와 랑이와 성의 누나의 온몸 구석구석에 선크림을 발라 주며…….

크흠.

이 이상 생각을 했다가는 나도 모르게 표정이 위험하게 변할 것 같으니까 그만두자. 다른 누구도 아닌 냥이의 앞이니까.

"……네놈이 무슨 이유로 바캉스를 가자고 하는지 알 것 같구나."

냥이가 질색을 하는 걸 보니 이미 늦은 것 같군. 속마음을 숨기는 건 이제 의미가 없으니, 차라리 떳떳하게 나서자.

"물론 그런 이유도 있지."

냥이가 대야에서 발을 빼고 슬리퍼를 신고서 일어났다.

"난 혈기왕성한 청소년이고, 이성의 수영복에 관심이 없다는 건 말이 안 되는 일이니까. 특히 나래와 성의 누나는 기대하고 있고!"

냥이가 대야를 부적으로 허공에 띄우고 언제든지 끼얹을 준비를 했다.

"하지만 그게 다가 아니다."

냥이가 띄운 대야의 높이가 살짝 낮아지는 걸 확인한 뒤, 나는 주먹을 불끈 쥐며 말을 이었다.

"랑이와 치이와 페이와 아야의 수영복 역시…… 으러어어러허어러어렁!!"

아무리 날이 더워도 얼음물은 얼음물.

나는 물에 젖어 이마에 달라붙은 머리카락을 뒤로 넘기며 소리쳤다.

"뭐 하는 거야?!"

냥이도 지지 않았다.

"흑심만 한가득인 네놈의 머리를 식혀 주려고 한 것이니라!"

"흑심이 뭐 어때서?! 보고 싶은 건 보고 싶은 거라고! 왜! 그게 잘못됐냐?!"

"그 더러운 시선으로 솜사탕보다 새하얀 우리 흰둥이를 바라보는 것을 내가 용납할 것 같느냐?!"

"더럽다니! 취소해! 내가 언제 어린 랑이를 그런 눈으로 봤다고?!"

"오호라! 그 말은 어른이 되었을 때는 그런 눈으로 봤단 말이로구나!"

……그건 그렇죠.

"그리고 내가 모를 것 같으냐! 요즘 흰둥이를 보는 네 녀석의 시선에 욕정이 감돌 때가 있다는 걸?!"

"야, 그건 아니거든? 나는 어디까지나 순수한 사랑! 건전하고 퓨~~어한 사랑……."

"흰둥이에 대한 사랑에 대고, 그런 적이 단 한 번도 없다 맹세할 수 있겠느냐?!"

이야, 요즘에 비가 자주 내리고 햇빛도 쨍쨍하다 보니까 평소보다 녹음이 우거져 있는 것 같다.

"지금 네가 먼 산이나 바라볼 때이느냐?"

냥이의 추궁에 나는 머리를 긁적이며 말했다.

"아니, 뭐, 지금까지 그런 적이 한 번도 없다고 말하기에는 내 기억력이 안 좋아서. 기억은 안 나지만 내가 그랬던 적이 있을 수도 있잖아?"

냥이가 이마를 부여잡고 고개를 저으며 말했다.

"애초에 그 시점에서 이미 틀린 것이라는 것을 꼭 내 입으로 말해야만 하는 것이느냐."

그러게요?

나, 완전 인간쓰레기잖아?

……이 화제를 길게 끌어 봤자 나에게 좋을 건 하나도 없겠군.

"어, 어쨌든. 지금 그게 중요한 게 아니잖아."

냥이가 팔짱을 끼고 건방진 시선으로 나를 올려다보며 말했다.

"흰둥이와 관련된 일보다 중요한 일이 도대체 이 세상천지에 어디 있다고 그런 망언을 지껄이는 것이느냐."

이 시스콘 자식.

하지만 확실하게 짚고 넘어가긴 해야겠군.

"애초에 난 랑이가 어린 시절을 만끽할 수 있게 기다려 줄 생각이니까, 내가 어떤 눈으로 보든 그건 상관없잖아."

"……."

냥이가 눈을 가늘게 뜨고 적의에 가득 찬 시선을 보내 왔지만, 나는 똑바로 눈을 맞추고 맞받아쳐 줬다. 누구보다 내가 한 말이 사실이라는 것을 잘 알고 있는 게 이 녀석이기도 하니까.

……그렇지 않다면 냥이가 나와 랑이의 관계를 인정해 줄 리가 없다.

"됐다."

내 예상대로 먼저 눈을 돌린 건 냥이였다. 기분이 나쁜 건 나쁜 건지 이내 곰방대를 입에 물고 검은색 연기를 내뿜었지만.

"그래서, 네놈은 바캉스를 가고 싶은 것이 단순히 자신의 욕망을 채우기 위해서라는 것이느냐?"

이 녀석 보소. 사람을 한순간에 쓰레기로 만드네?

쓰레기 맞지만.

"물론 아니지."

나는 냥이에게 요 며칠간 봐 왔던 아이들의 상황을 이야기한 뒤 말했다.

"날이 더운 건 어쩔 수 없어. 하지만 그 사실을 받아들이는 마음의 자세라는 것도 중요하단 말이야. 왜, 덥다, 덥다 하면 더 더워진다는 말도 있잖아? 그러니까 날이 더운 걸, 더워서 짜증 난다고 받아들이는 것보다는 날이 더워서 할 수 있는 놀이도 있고 좋은 점도 있다는 사실을 아이들에게 가르쳐 주고 싶어서 그래. 해변에 놀러가서 좋은 추억을 쌓는 것으로."

사실을 있는 그대로 말했는데도 냥이는 의심에 가득 찬 시선을 거두지 않았다.

하지만 나는 떳떳하다. 거짓말은 안 했으니까.

물론, 말하지 않은 이유도 하나 있지만.

"그게 다가 아닌 것을 이미 알고 있느니라."

그리고 이 녀석은 사람 마음을 들여다보는 데 선수지.

"들켰네."

나는 혀를 날름 내밀었다.

냥이가 곰방대를 휘둘렀다.

얼음물과 달리 이번에는 어떻게든 피할 수 있었다.

"위험하잖아!"

"조금 전 네놈의 흉악하고 끔찍한 몰골을 직접 봐야 했느니라."

아, 맞다. 까먹고 있었어.

예전에 거울 앞에서 해 봤는데, 상대방을 놀리는 데 이보다 더 좋은 모습은 없다고 생각했었지.

난 지금 상황을 애교 있게 넘어가려고 할 생각으로 한 짓이지만 말이야.

"미안."

그래도 순순히 사과했다.

"뭐, 그건 그렇고. 하루라도 좋으니까 이 지긋지긋한 업무에서 좀 벗어나고 싶은 마음도 없지 않아 있었다."

겸사겸사 화제를 다시 돌린 나를 바라보는 냥이의 표정이 딱딱하게 굳었다.

그 모습은 마치, 소고기 뭇국을 끓인다고 한 학생이 돼지고기를 준비한 것을 본 요리 선생님 같았다.

나는 서둘러 냥이에게 변명했다.

"아, 그런 거 아니다. 요 며칠 사이, 바캉스 갈 때를 대비해서 일을 더 하고 있었으니까. 하루나 이틀 정도는 쉴 여유가 있다고."

덕분에 한동안 일하는 시간이 길어졌고, 수면 시간이 줄어들기도 했다.

"이건 세희도 보증했다."

잠자는 시간까지 줄여 가며 하는 건, 건강상 좋지 않다고 만류했지만 듣지 않았지.

지금 건강이 문제냐?! 바캉스가 걸려 있는데!

엄지를 추켜세우며 자신 있게 말하는 나를 바라보며 냥이는 절레절레 고개를 저었다.

"……이미 알고 있었지만, 네 놈은 참으로 자신의 욕망에 충실한 인간이로구나."

안 그랬으면 네 결계에서 벗어나지 못했겠지.

"그래서 허락해 줄 거야?"

내 말에 냥이가 다시금 곰방대를 입에 물고 흰색 연기를 내뿜으며 말했다.

"네 대답을 듣고 나서 결정하겠느니라."

"응?"

냥이가 말했다.

"왜 내게 허락을 구하는 것이느냐?"

……그렇게 생각할 수도 있겠군.

아이들과 함께 어딘가에 놀러 가는데 가장 발목을 잡는 것은 나다. 정확히 말하면 왕으로서의 일이다. 그 다음으로는 폐이의 요괴넷 관리도 있지만, 그건 어떻게 부운영자에게 맡긴다거나 하면 된다는 이야기를 들었다.

……내 다리를 붙잡고 자기만 쏙 빼놓고 가지 말라는 페이의 삐뚤빼뚤한 글은 정말 눈물겨웠지.

어쨌든 이 두 가지가 해결된 이상, 아이들과 함께 놀러 가는 건 일도 아니다.

……더위에 지쳐서 하얀색 버터가 되어 버린 랑이가 조금 걱정이 되지만, 일단 데리고 가면 다시 기운을 차릴 테고.

그리고 랑이를 데려가면 당연히 냥이는 따라오게 되어 있다. 내가 허락을 받을 필요는 없다는 거다.

하지만.

"이왕 놀러 갈 거면 모두 다 즐거운 마음으로 가는 게 좋잖아?"

냥이가 랑이 때문에 어쩔 수 없이 가는 건 싫으니까 말이야.

"하! 웃기는구나."

냥이는 콧방귀를 꼈지만.

"뭐가?"

"마치 네놈은 내가 허락하지 않으면 바캉스를 가지 않을 것 같이 말하고 있지만, 실은 이미 마음을 정해 놓고 있지 않느냐?"

온 가족이 함께 놀러 간다, 라는 것으로 말이지.

"응."

나는 고개를 끄덕였다.

"하지만 네가 가기 싫다고 하면 다른 걸 생각할 테니까 걱정마라."

중요한 건 바캉스가 아니다.

수영복이다.

냥이가 바다가 싫다고 하면 계곡으로 갈 수도 있…….

아니, 이게 아니지. 나도 모르게 나 자신의 욕망에 휘둘렸네. 다시 하자.

그래.

중요한 건 바캉스가 아니다.

온 가족이 수영복을 입고 함께 노는 거지. 냥이가 무슨 일이 있어도 놀러가기 싫다면, 이 넓기만 한 마당에 수영장을 만드는 방법도 생각하고 있다.

물론 공사는 세희가 해야겠지만!

"그래서 너는 해변 말고 가고 싶은 곳 있어?"

냥이가 한참을 내 표정을 살핀 후 말했다.

"무슨 일이 있어도 나를 데려갈 생각이로구나."

나는 고개를 끄덕였다.

"그래야 랑이가 네 걱정 안 하고 신나게 놀 수 있을 테니까."

냥이가 어깨를 축 늘어트리고는 깊은 한숨을 내쉬며 말했다.

"……네 마음대로 하거라."

그렇게 해서 가게 되었습니다, 바캉스!

바캉스!

현실에서는 처음이지만, 두 번째로 찾아온 섬은 여전히 아름다웠다.

태양은 높이 떠 있고 하늘에는 구름 한 점 없다. 불어오는 바람에는 바다 냄새가 가득하지만, 그렇게까지 습하지는 않다. 백사장에는 옆으로 걷고 있는 작고 귀여운 게가, 에메랄드빛 바다에는 예나 지금이나 다름없이 상어 한 마리가 헤엄치고 있었다.

허허헛, 저런 상어 한 마리에 호들갑을 떨었던 과거의 나 자신을 생각해 보면 정말 순진했구나.

……지금도 상어에게 물리면 죽습니다만.

눈앞에서 상어를 보면 기겁할 자신도 있습니다만.

나는 그렇게 파라솔 아래에서 흔히 말하는 비치 의자에 앉아 경치를 즐기며 느긋하게 기다렸다.

우리 집 가족들이 수영복을 갈아입고 나오기를.

남자는 이럴 때 편하다니까. 훨훨 벗어 던지고 수영복만 입으면 되니까 말이다.

……세희에게 수영복을 달라고 하니까 100년 전에나 사용했을 법한 잠수복을 소매에서 꺼냈던 건 그에 대한 심술이었을까.

세희는 "이게 요즘 트렌드입니다."라고 했지만, 어떤 미친놈이 해변에 와서 잠수복을 입겠냐고.

그건 그렇고, 조금 오래 걸린다?

다들 여자애다 보니까 신경 쓸 곳이 많으니 어쩔 수 없겠지만…….

기다리는 동안 마시라고 세희가 준비해 준 음료수도 어느새 얼음이 모두 녹아 미지근하게 변했어. 거기다 의자에 마음 편히 누워 있으니까 졸리다.

우리 부모님은 그런 적이 없었지만, 뭐랄까.

여름휴가 때 목적지까지 운전을 한 부모님이, 피서지에 도착한 다음에는 일단 차 안에서 한숨 자는 이유를 알 것 같단 말이지.

그동안 내가 조금 무리하긴 했지. 그래도 조금 이상하게 많이 졸린 것 같지만.

으음. 모르겠다. 일단 잠깐 눈 좀 붙이자. 이런 상태로는 피곤해서 제대로 놀지도 못할 테니까.

애들이 나오면 알아서 깨워 주겠지.

그렇게 나는 잠깐 눈을 붙였…….

아니. 안 돼.

잠들었다가는 지금까지 쌓인 피로 때문에 저녁쯤에 깨어날 수도 있어! 마음씨 착한 아이들인 만큼, 내가 잠들어 있으면 그대로 푹 쉬게 놔둘 수도 있으니까!

아니, 그럴 확률이 거의 백 퍼센트다!

내가 어떻게 이 자리를 마련했는데?

이대로 잠들 수는 없다!

나래의 요즘 들어 살짝 더 커졌지만 모양새와 탄력은 변하지 않은 완벽한 가슴을! 풍만한 엉덩이를! 잘록한 허리를!

신성함마저 느껴지는 성의 누나가 인간의 최고 발명품을 입었을 때 일어나는 시너지를!

아이들의 귀엽고 깜찍한 수영복 차림을!

나는 직접 내 두 눈으로 봐야 한다고!

……그런데 이상하게 눈꺼풀이 무겁다.

왜지? 아무리 내가 무리를 했다고 해도 이렇게 졸릴 리가 없는데?

"……오래도 버티시는군요, 주인님."

그런 내 앞에, 이번에도 수영복으로 갈아입지 않은 세희가 나타났다.

그 입가에 비릿한 미소를 짓고.

"평범한 인간이었다면 이미 정신을 잃었을 텐데 말이죠."

그것으로 깨달았다.

어째서 세희답지 않게 내게 음료수를 권했는지.

"너, 음료수에 무슨 짓을……."

"주인님. 주인님께서는 하나를 포기하고 두 개를 얻을 수 있는 경우와 하나를 얻고 두 개를 포기하게 되는 경우가 있다면, 그 중 어느 쪽을 선택하실 겁니까?"

그건 또 무슨 소리야?!

"그야 당연히 두 개지!"

"그러면 입 다물고 그대로 주무시지요."

잠깐 동안 졸음이 사라질 정도로 강력한 분노가 내 정신을 깨웠다.

"왜 이야기가 그렇게 되는데에에에에!"

"주인님께서 그리 답하실 줄 알고, 음료수에 살짝 수면 유도제를 섞었기 때문입니다. 코끼리도 한 번에 재울 수 있는 강력한 것으로 말이죠."

"날 죽일 생각이냐?!"

"농담입니다."

세희가 찡긋 윙크를 한 뒤 말을 이었다.

"수면 유도제를 탄 것은 사실입니다만."

"뜬금없이 왜?!"

세희는 비릿한 미소를 지으며 말했다.

"그동안 무리하신 주인님을 걱정하는 마음에서 비롯한 일입니다. 부디 노여워 마시고 하루 동안 푹 주무신 뒤, 바캉스는 내일부터 즐기시기 바랍니다."

그런 것치고는 지금 이 상황이 너무 즐거워 미칠 것 같다는 표정인데?!

벌떡 일어나서 멱살이라도 잡은 뒤 앞뒤로 흔들고 싶은 마음이 한가득이었지만, 그런 감정조차 잠들게 만들 만큼 수면유도제는 강력했다.

"그럼 내일 뵙겠습니다, 주인님."

세희가 손을 들어 내 눈꺼풀을 아래로 내렸다.

시아가 차단되고 어둠이 맞이하자 가뜩이나 달콤했던 수마의 유혹이 한층 더 강해진다.

안 돼. 이렇게 잠들 수 없어. 내가 뭘 위해서 그 개고생을 했는데…….

한낱 창귀의 농간으로 바로 눈앞까지 다가온 파라다이스를 보지 못하고 이렇게 눈을 감아야 한다고?

웃기지 마아아아아아!!

나는 아직 최선을 다하지 않았다. 내가 할 수 있는 일이 분명 남아 있다고! 그런데 내가 맘 편히 눈을 감을 수 있겠냐아아아아!

아직 방법이 있다.

고통이 함께 하겠지만 충분히 고려해 볼 만한 방법이!

그렇기에 나는 마지막 남은 힘을 다해 입을 벌렸다.

"……이런?!"

당황한 세희의 목소리는 흘려 넘기며, 나는 있는 힘껏 혀를 물었…….

"으으읍?!"

물었다고 생각한 순간.

내 입에는 권투 선수들이나 낄 법한 마우스피스가 물려 있었다.

"정말, 주인님께서는 방심을 할 수 없는 분이시군요. 설마 눈앞의 이득에 눈이 멀어 혀를 깨물려고 하실 줄은 몰랐습니다."

절망.

"하지만 제가 앞에 있는데 가만히 놔둘 리가 없지 않습니까? 이제 슬슬 포기하시고 주무시지요."

마지막 남은 방법마저 실패에 돌아갔다는 절망감.

절망감이 나를 깊은 잠 속으로 등을 밀었을 때.

모든 것을 포기하려고 하던 바로 그때!

"……아빠한테 무슨 짓 하는 거야, 이 이상아?"

내 손을 잡아 주는 한 아이가 있었다.

아야.

나의 사랑하는 딸.

아야가 잡아 준 손에서 전해지는, 청량하고 따듯한 기운에 조금 전까지만 해도 내 몸을 가득 채우고 있던 잡기운이 한 번에 사라졌다.

나는 눈을 떴다.

"강세희!!"

나를 함정에 빠트린 녀석의 이름을 소리 높여 불러 봤지만, 이 망할 녀석은 검은색 연기로 변해 스르륵 사라졌다.

"……후회하셔도 저는 모릅니다."

후회는 무슨 후회!

너 나중에 두고 보자!

"괜찮아, 이 약물 중독자야?"

세희에게 울분을 터트리는 건 뒤로 미루자.

위기에서 구해 준 아야에게 고맙다는 인사를 해야 하니까.

"아, 고마워. 덕분에 살았……."

지금도 손을 잡아 주고 있는 아야 쪽으로 고개를 돌린 나는.

"우왓?!"

깜짝 놀랐다.

"왜, 왜 그렇게 놀라는데, 이 깜짝아?!"

내 비명 같은 외침에 놀라 아야도 손을 떼고 뒤로 물러났다.

하지만 나에게도 그럴 수밖에 없는 이유가 있었다.

나는 당연히 아야도 어린아이 모습으로 수영복을 입을 거라고 생각했거든?

그런데 아니었다.

아야는 평소 어린아이로 있기 위해서 힘을 억제하는 가죽 목걸이를 벗고서 매력적인 성인의 모습으로 홀터넥 프릴 비키니를 입고 있었으니까.

상의는 가슴의 바깥쪽은 착실히 안아 주지만 안쪽은 상당히 넓은 부분을 드러내고, 하의는 말려 올려간 H스커트 같은 느낌을 주는 디자인이다.

이런 노출도 높은 비키니를 어른 모습의 아야가 입으니까 말이다…….

"섹시해서."

"키이이잉?!"

아야의 얼굴이 꼬리만큼이나 붉게 달아올랐다.

아, 앗차! 이게 아니지! 나도 모르게 말이 헛나갔다.

"기, 기쁘긴 하지만, 그렇게 칭찬을 할 줄은 몰라서 조금 당황해 버렸잖아, 이 기쁨아?"

……그런데, 이 녀석. 그리 싫어하는 기색이 아니다?

어른 모습이라서 그런가?

보란 듯이 허리를 앞으로 숙여서 두 팔로 어렸을 때보다 커진 가슴을 위로 들어 올리기도 하고.

하지만 잊지 말자.

나는 이 녀석을 딸로 바라보고 있다는 사실을…… 이라고 말하기에는 수영복을 입은 아야의 모습이 매력적이긴 하다.

으, 으음.

같이 목욕할 때는 그다지 신경이 안 쓰였는데, 이렇게 수영복을 입고 있으니까 묘하게 의식하게 되네.

역시 수영복이 가진 마력은 대단하군.

"그래서, 어때? 나한테 할 말 없어, 이 응큼아?"

그런 내 기색을 어떻게 알았는지 아야가 슬그머니 엉덩이를 의자에 들이밀어 반쯤 걸터앉아 내 팔을 쓰윽 껴안는다.

아야의 향긋한 체취와 온기에 살짝 마음이 흔들릴 뻔했다.

이 녀석, 어른이 되면 이런 쪽으로 어필을 더 심하게 한단 말이야. 그게 싫은 건 아니지만…….

"먼저 나간다고 한 이유가 그거였어?"

우리 집에는 이런 쪽의 어필로 둘째가라면 서러워하는 분이 계셔서 문제죠.

반대쪽에서 들려온 목소리에 고개를 돌려 보니, 허리에 두 손을 올리고 한심하다는 듯이 나와 아야를 내려다보고 있는 나래가 있었다.

나는 나도 모르게 입을 떡 벌리고 나래를 바라보게 되었다.

"키이잉!!"

아야가 항의 가득한 소리를 냈지만 어쩔 수 없었다.

그 상대가 나래니까.

나래는 상의가 엑스 자로 교차된 비키니를 입고 있었다. 그것만으로도 제대로 혀가 안 돌아갈 정도로 파괴력이 강한데…….

하의는 더욱 문제였다.

저건 수영복을 입은 게 아니라 골반에 걸친 거 아니야? 수영이라도 했다가는 흘러내릴 것 같은데?

그때.

"뭘 그렇게 멍하니 보는 거야?! 넋 놓고 봐야 하는 건 나거든, 이 헬렐레야!"

불쑥하고 나래와 나 사이에 아야가 얼굴을 들이밀었다.

야, 야. 가까워. 가까운 것도 가까운 거지만 가슴과 가슴이 얇은 수영복을 사이에 두고 달라붙은 채로, 아니, 물컹하고 누르고 있다는 게 가장 큰 문제라고!

평소라면 신경 안 쓰겠지만! 그렇지만! 평소에 보지 못하던 모습이라서 그런지, 아니면 사람의 마음이 개방적으로 되는 여행지라서 그런 건지 살짝 두근두근거린다!

즉, 가뜩이나 성능 좋은 내 심장이 빠른 속도로 온몸에 피를 보내고 있다는 거지!

"자, 자. 언제까지 성훈을 혼자 차지할 거야? 다른 사람도 생각해 줘야지, 아야야."

그래서 나래가 아야의 겨드랑이 사이에 두 팔을 넣고 강제로 일으켜 세웠을 때는 나도 모르게 안도의 한숨을 흘렸다.

"이거 안 놔, 이 곰곰아?"

아야는 불만이 한가득인 것 같지만.

원래의 목적대로 아야를 내게서 떨어뜨린 것에 만족했는지, 나래가 아야를 놓아 주었다.

그러면서 아야의 등과 맞닿았던 나래의 가슴이 말 그대로 출렁거리는 것을 나는 놓치지 않았다.

덕분에 아야가 나를 힐끗 바라봤다가, 이내 입을 삐죽거리는 것도 봐야 했지만.

아야가 날이 잔뜩 선 목소리로 나래에게 말했다.

"뭐야, 언니야. 내가 아빠하고 달라붙어서 질투하는 거야?"

나래는 상냥해 보이는 미소를 지으며 대답했다.

"응."

"키잉?"

나래의 정직한 반응에 아야가 살짝 움찔했지만, 이내 기운을 되찾았다.

"왜, 왜 갑자기 질투하는데, 이 솔직아? 집에서는 가만히 있었으면서?"

나래가 상냥해 보이는 미소를 유지하며 말했다.

"집이면 상관없는데 여기는 휴양지잖아? 성훈이는 분위기에 약한 면이 있고. 잘못해서 성훈이가 아야를 여자로 보면 힘들어지니까 그래."

아야가 꼬리를 살랑살랑 흔들며 고개를 살짝 대각선으로 숙여 나래를 올려다보며 말했다.

"키히힝~ 뭐가 힘들다는 거야? 그러면 나는 좋은데?"

"너…… 아니, 됐어."

나래가 무슨 말을 하려다 고개를 저었다. 그 모습을 보고 아야가 손으로 입을 가리며 말했다.

"키히힝? 혹시 자신 없는 거야? 나한테 우리 자기를 빼앗길까 봐?"

"그런 게 아니라."

"키히힝~ 자신 없으면 빠지면 돼, 이 겁쟁이야."

"그런 거 아니라니까?"

"말로는 무슨 말을 못하겠어? 안 그래, 이 소심아?"

나래의 미소에 금이 갔다.

"아야야."

나는 안다.

나래와 오랜 시간을 지내 온 나는 안다.

나래는 상냥한 아이지만, 그 내면에는 격렬한 불길이 숨어 있다는 것을.

그렇지 않았다면 어린 시절의 나와 친구가 될 수도 없었을 테니까.

나래의 표정을 보아하니 그 내면을 살짝 보여 주기로 결심한 것 같네.

……말려야 하나?

"분명 내가 말했지?"

내가 잠시 고민하는 사이 나래가 한 발자국 앞으로 다가서며 말했다.

"힘들어진다고 말이야."

나래가 다시 한 발자국, 그리고 다시 한 발자국 앞으로 나섰다.

나래와 아야의 신체 부위의 일부분은 랑데부가 생긴 지 오래다. 그럼에도 나래는 물러서지 않았고, 그건 아야도 마찬가지였다.

"그, 그런다고 겁먹을 것 같아? 이 무시무시야?!"

뒤에서 보는 아야의 꼬리털은 이미 부풀어 오를 대로 부풀어 올랐지만 말이다.

이러다가 집안싸움이 벌어지겠네.

그런 끔찍한 일은 사양이다.

"저기……."

내가 의자에서 일어나 둘을 말리려고 할 때.

"성훈아아아아~!"

어느새 수영복으로 갈아입고 나온 랑이가 손을 흔들며 이쪽으로 달려왔다.

다시 말하지만, 달려왔다.

엄청나게 빠르게 달려왔다.

그리고 아무런 의심 없이 내게 몸을 날렸다.

"우와앗?!"

나는 급히 두 팔로 랑이를 받아 주었지만, 세상에는 물리법칙이라는 것이 있는 법. 나는 랑이를 품에 안고 마치 춤이라도 추듯이 빙글빙글 돌며 몇 걸음이나 뒤로 물러나서야 겨우 멈출 수 있었다.

아이고, 어지러워.

"와아!"

나와 달리 두 눈을 반짝이며 호랑이 귀를 쫑긋 세운 랑이는 재미있었던 것 같았지만.

뭐, 그러면 됐나.

"한 번 더 하자꾸나!"

……취소다.

나는 두 팔을 번쩍 들고는 자신을 안아 달라고 조르는 랑이를 내려다보았다.

랑이는 얼핏 보면 평범한 아동복처럼 보이는 수영복을 입고 있었다. 하지만 직접 만져 본 나는, 비록 넘어지지 않게 끌어안은 것뿐이지만, 분명하게 알 수 있었다. 랑이가 지금 입고 있는 게 흔히 말하는 래시가드라는 것을.

어깨가 드러난 상의에, 하의는 흰색을 바탕으로 검은색의 무늬가 들어간 스커트 형식이다.

……말해 두지만, 실망 같은 건 안 했거든? 지금 모습으로도 충분히 귀여우니까.

특히 고개를 갸웃거리며 올려다보는 모습은 한층 더 말이다.

"응? 왜 그러느냐?"

랑이의 수영복 차림을 기억 회로에 저장해 두고 있었다는 말을 할 수는 없는 노릇이다.

"앗?!"

입을 크게 벌리고 경악에 찬 눈동자로 나를 올려다보는 걸 보니 또 엉뚱한 생각을 한 것 같군.

선수를 치자.

"참고로 놀기 싫어서 그런 거 아니다."

랑이가 두 눈동자를 깜빡깜빡하며 말했다.

"응? 내가 하고 싶은 말을 어떻게 알았느냐?"

"하루 이틀 알고 지낸 것도 아닌데 모르겠냐."

나는 왠지 쑥스러워하는 랑이의 머리를 쓰다듬으며 말을 이었다.

"잠깐 어지러워서 그랬던 거니까, 조금 이따……."

쌩~ 하는 소리와 함께 손에서 느껴지는 기분 좋은 랑이의 촉감이 사라졌다.

"나래야! 아야야! 어찌하면 좋느냐?! 성훈이가 어지럽다고 하였느니라! 차가운 물? 이럴 때는 차가운 물이느냐?"

사람 말을 끝까지 들어라, 이 녀석아.

"아! 마침 바다에 왔으니 들어가면 되는 것이겠구나!"

"아니야!"

현기증이 난 사람을 바다에 집어넣었다가는 무슨 꼴을 당할 줄 알고?!

나는 눈이 휘둥그레진 랑이의 머리를 툭툭 두드리며 말을 이었다.

"괜찮으니까 걱정할 거 없어."

실제로 랑이가 와서 걱정할 일이 사라지기도 했고.

조금 전까지만 해도 뭔가 심각한 분위기를 풍기고 있던 나래와 아야가 서로 약속이라도 한 것 같이 어깨에 힘을 뺐거든.

아마도 랑이의 천진난만한 모습을 보고 독이 빠져 버린 게 아닐까 싶다.

……나중에 나래에게 왜 그랬냐고 물어보긴 하겠지만.

"그러면 성훈아!"

지금은 내 손을 잡아끄는 랑이 때문에 그럴 수 없지만.
"같이 수영하고 놀자꾸나!"
"잠깐만, 이 새치기야. 아빠하고는 내가 먼저 놀 거거든?"
"응? 성훈이는 당연히 나와 가장 먼저 놀아 줘야 하는 것 아니느냐?"
랑이의 뻔뻔하기까지 한 말에 아야가 살짝 입을 벌렸다.
"왜, 왜 이야기가 그렇게 되는데?"
랑이가 꼬리까지 살짝 붉힌 채 언성을 높인 아야에게 보란 듯이 내 손을 품속에 끌어안아 작디작은 가슴을 밀착시키며 말했다.
"성훈이는 내 것이니 말이니라!"
아, 뭐, 사실이긴 한데 말이다. 덕분에 아야의 눈매가 확연히 매서워졌단 말이지.
"이 밥보가! 아빠는 내 거거든?!"
이러다가는 피를 깎는 노력 끝에 온 바캉스를 즐기기도 전에 한바탕 벌어질 것 같다.
화제를 돌리자.
나는 랑이의 품속에서 손을 빼낸 뒤 머리를 쓰다듬으며 말했다.
"아, 그런데 랑이야."
"응?"
"같이 노는 건 좋은데, 일단 다른 애들도 기다려야지. 안 그래?"
물론 문제를 뒤로 미는 건 좋은 선택이 아니다. 하지만 이런 사소한 일은 신나게 놀다 보면 잊게 되니까 말이야.

그런 의미에서 좋은 방법이라고 생각했는데.

"응?"

랑이의 솟아오른 머리카락이 내 손을 밀어냈다.

"다른 아해들은 이미 놀고 있지 않느냐?"

……뭐?

나는 랑이가 가리킨 해변을 향해 시선을 돌렸다.

그곳에는 바닷가에 들어가서 물장난을 하고 있는 치이와 페이. 성린과 손을 잡고 모래사장을 산책하고 있는 성의 누나. 선글라스를 끼고 낚싯대를 들고서 어딘가로 향하고 있는 냥이와 그 뒤를 파라솔을 어깨에 메고 따라가고 있는 가희. 그리고 튜브를 끼고 물 위에 둥둥 떠 있는 바둑이가 있었다.

잠깐, 뭐야. 나 빼고 먼저 놀기 시작한 거야?

예상치 못한 상황에 당황해서 눈만 껌뻑껌뻑하고 있을 때.

"다른 분들께서 자신의 수영복 차림을 주인님께 먼저 보여 드릴 거라고 생각이라고 하신 겁니까? 뭡니까, 그건. 주인공 병이라는 겁니까? 이게 말로만 듣던 자의식 과잉이라는 겁니까?"

도망쳤던 녀석의 싸늘한 목소리가 등 뒤에서 들려왔다. 그와는 별개로 내 얼굴은 새빨개졌지만.

"그, 그런 거 아니거든?"

설득력 없는 변명을 하며 뒤를 돌아봤을 때, 이미 세희는 그 자리에 없었다.

……이 망할 자식이. 아픈 곳만 찔러 놓고 싹 빠졌다 이거지?

"성훈아?"

그렇다고 세희를 찾으러 갈 수도 없는 노릇이다.

같이 놀자고 내 손을 잡아끌고 있는 랑이와 왠지 모르겠지만 침울해진 아야. 그리고 지친 표정인 나래가 있었으니까.

나는 먼저 나래에게 말을 걸었다.

"같이 갈래?"

나래가 고개를 가로저으며 말했다.

"어제 곰의 일족 관련 일 가지고 조금 무리해서. 일단은 좀 쉬고 싶어."

……그런 이유로 피곤할 나래가 아닌데 말이야.

하지만 나도 눈치가 있다.

"그래?"

나는 랑이의 손을 잡고 아야에게 말했다.

"가자."

내 말에 아야는 무심코 손을 뻗으려다가, 이내 고개를 가로저었다.

"됐어, 이 한심아. 밥보하고 같이 놀아."

……삐쳤나?

나는 아야의 눈치를 살피며 슬쩍 말을 건넸다.

"화났어?"

"화 안 났어, 이 구질구질아."

……구질구질이라고 할 것까진 없잖아.

살짝 마음에 상처를 입어서 침울해졌을 때, 아야가 허둥대며 말을 이었다.

"조, 조금 말이 심했어, 미안아. 하지만 그런 거 아니니까. 응? 잠깐 혼자 있고 싶어서 그런 거야. 이상한 생각하지 말고 가서 놀란 말이야."

그렇게 말을 한 아야는 내 표정을 살짝 살폈다.

밝은 미소라도 보여 주고 싶었지만, 머리 한구석에 구질구질이라는 말이 떠나가지 않고 있는 내게 그런 건 무리였다.

그래서 옛날에 한 번 지어 본 적 있는, 자세히 예를 들어 말하면 나래가 내 곁을 잠깐 떠났을 때 지었던 절망이 가득한 미소가 나오고 말았다.

반쯤은 장난으로 말이지.

"키이이잉?!"

……아야의 반응은 장난이 아니었지만.

나는 허둥대는 아야를 안심시키기 위해 혀를 쏙 내밀었다.

"속았지?"

아야의 반응은 참 재미있었다.

처음에는 입을 살짝 벌리며 황당해하다가, 이내 꼬리와 귀가 새빨개져서는 두 주먹을 불끈 쥐고 부들부들 떨더니, 캬아아앙! 소리를 냈으니까.

"이 밥보! 몰라!"

장난이 심했나? 그래도 구질구질은 조금 심한 말이었고, 아이 모습도 아니니까 나중에 제대로 이야기하면 괜찮겠지.

사실 지금 말하고 싶지만 씩씩거리며 힘찬 발걸음으로 멀어져 가는 아야를 잘못 건드렸다가는 옆구리에 구멍이 뚫릴 것 같아서 말이야. 일단 아야의 화가 풀릴 때까지 놀고 있자.

랑이랑.

"그러면 같이 놀러 갈까?"

신나 할 거라고 생각했던 랑이가 눈을 깜빡깜빡거리며 나를 올려다보며 말했다.

"……나는 가끔 성훈이를 잘 모르겠느니라."

나도 그래.

* * *

그렇게 해서 나는 랑이와 함께…….

어, 음. 저걸 뭐라고 하지? 해변 공이라고 해야 하나? 바닷물이 발목까지 오는 곳에서 숨을 불어 넣어서 가지고 노는 공을 주고받으면서 놀고 있는 치이와 페이에게 다가갔다.

치이와 페이는 미리 같은 수영복을 입기로 이야기라도 했는지 디자인이 똑같았다. 전처럼 비키니는 아니다. 어깨가 드러나고 끈으로 지탱하는 상의에 짧은 치마처럼 프릴이 달려 있는 형식의 줄무늬 수영복이다. 다른 게 있다면 치이는 파란색과 흰색, 페이는 검은색과 흰색이라는 점일까. 전에 비해서 노출도는 많이 줄어들었지만, 그래도 가슴께가 꽤나…… 가 아니라. 가슴께에 앙증맞은 리본이 달려 있는 게 꽤나 귀엽다.

응, 응.

귀여운 거야.

"아우우우! 너무 높은 거예요!"

[데헷.]

공이 키를 넘으려고 하자 뛰어 오른 치이의 가슴이 흔들리는 것도, 귀엽다는 말이지.

……자연스럽게 시선이 향한 시점에서 이미 글러 먹은 인간이 된 게 아닐까 싶지만.

다시금 자신의 인간성에 고민하고 있을 때.

멋진 점프로 공을 잡아 낸 치이가 인기척을 느꼈는지 이쪽을 향해 고개를 돌렸다.

그런데 왜 못 볼 사람이라도 본 것처럼 눈을 깜빡이는 건데? 치이뿐만이라면 그러려니 하겠는데, 페이도 연기로 물음표를 만들어 둥둥 띄우고 있다.

"왜 그래?"

참지 못한 내가 먼저 물어보자 치이가 대답했다.

"아우우우? 오라버니는 피곤해서 쉬시는 거 아닌 건가요?"

[체력 회복 끝남?]

그제야 나는 왜 다른 아이들이 나를 내버려 두고 먼저 놀기 시작했는지 알 수 있었다.

세희, 이 자식. 뭐가 주인공 병이고 뭐가 자의식 과잉이라는 거야?

"그래."

그렇다고 아무것도 모르는 치이와 페이에게 한풀이를 할 수도 없는 노릇이다.

"같이 놀자."

"나도 같이 놀고 싶으니라!"

그렇게 나와 랑이가 슬쩍 끼어들자 페이가 손바닥을 짝 치더니 글을 썼다.

[네 명이서 놀 거면 좋은 거 있음.]

페이의 미소를 보니 왜 이렇게 불안해지는 걸까. 이것이 평소 행실의 중요성인 것인가.

결론부터 말하자면, 내 생각은 틀렸다.

페이가 연기로 모래사장 위에 만든 건 만든 건 네트였으니까.

해변. 공. 그리고 네트.

페이가 무엇을 생각했는지 아는 건 손바닥 뒤집는 것보다 쉬웠다.

"비치발리볼이냐."

[해변하고 공을 합치면 당연히 이거 아님?]

페이가 콧대를 세우며 으쓱거리기에 나는 고개를 끄덕였다.

[……이상할 정도로 시원하게 인정?]

그야 나도 그렇게 생각하니까.

가끔 케이블 TV를 볼 때, 해변에서 비치발리볼을 하는 누님들을 자주 본 적이 있다.

미리 말해 두건대 단순한 욕망의 발로는 아니었다. 물론 처음에 채널을 멈춘 건 그런 이유였지만…….

비치발리볼 중계를 본 사람은 알 것이다.

비치발리볼은 단순한 눈요깃거리가 아닌, 다른 스포츠와 같이 긴장감 넘치는 승부의 현장이라는 것을.

아니, 진짜로.

믿어 달라니까?

말려 들어간 수영복 하의를 손으로 슬쩍 원래대로 되돌리는 것 같은 건 부수입이라고요?

"오라버니."

잠깐 생각에 잠겨 있던 나를 치이가 현실로 데려왔다.

"응?"

치이가 말했다.

"비치발리볼이라는 게 뭐인 거예요?"

치이의 말에 네트를 빤히 바라보고 있던 랑이도 고개를 끄덕이며 내게 말했다.

"성훈아, 성훈아. 나도 비치발리볼이 무엇인지 모르느니라."

이걸 어떻게 설명해 줘야 하지?

해변에서 하는 배구라고 해 봤자, 배구에 대한 설명으로 이어질 것 같고.

이럴 때는 간단하게 설명하자.

[내가 설명해 줌!]

그 전에 폐이가 나와 랑이와 치이 사이에 글을 썼지만, 랑이와 치이의 시선이 폐이에게 향하기에 나는 일단 두고 보기로 했다.

폐이가 글을 썼다.

[비치발리볼은 모든 남자의 로망임!]

두고 볼 필요도 없구나.

"이상한 소리 하지 마."

나는 글을 연기로 흐트러뜨린 다음, 페이의 관자놀이에 두 주먹을 가져다 댔다.

그럼에도 페이는 비장함을 감추지 않고 글을 썼다.

[내가 틀린 글 씀?! 비치발리볼은 로망 아님?]

너무나 당당하게 나서는 모습이기에 무슨 생각을 하는지 한번 읽어나 보자.

"오냐, 그래. 무슨 로망인데?"

[수영복 차림 여자들의 역동적인 움직임을 남자들이 합법적으로……]

그럴 필요가 없었습니다.

"모든 비치발리볼 팬분들께 사과해, 인마."

[아야야야야야얏!!]

그렇게 해서 결국 내가 간단하게 비치발리볼의 규칙에 대해서 랑이와 치이에게 설명해 주게 되었다.

고개를 끄덕끄덕하며 내 이야기를 듣던 랑이와 치이 중에서 먼저 말을 꺼낸 건 랑이였다.

"그러니까 공이 땅에 닿지 않으면 되는 것이느냐?"

나름 열심히 설명해 줬는데 너무 간단하게 생략한 거 아니야? 같이 노는 데 규칙이 간단한 게 좋긴 하겠지만.

"아, 그렇긴 한데."

물론, 그럼에도 불구하고 무조건 확실하게 정해 놔야 하는 규칙 하나는 있다.

"요술이나 요력을 쓰는 건 금지……."

나는 말을 하다 말고 갑자기 지끈거리기 시작한 머리를 부여잡았다.

랑이는 어느새 손을 호랑이 손으로 변화시켰고, 치이는 두 팔을 까치의 날개로 변화해서 살짝 나는 연습을, 페이는 연기로 만든 커다란 파리채를 붕붕 휘두르고 있었으니까.

평소에는 그렇게 서로를 아껴 주는 착한 아이들인데, 놀 때는 승부욕이 강하단 말이지.

"응? 요력 쓰면 안 되느냐?"

"아우우우? 왜 안 되는 거예요?"

[걱정 안 해도 됨. 모두 손대중은 함.]

아니, 저기 말이다.

"너희들 잊고 있는 거 있지 않냐?"

나는 손을 들어 나를 가리켰다.

랑이가 말했다.

"나는 성훈이를 잊은 적이 한 번도 없느니라!"

여전히 호랑이 손인 채로.

치이가 말했다.

"아우우우? 오라버니께서 로리콘에 변태이긴 해도 그래도 오라버니인 거예요. 꿈속에서도 잊은 적은 한 번도 없는 건데요?"

까치 날개를 파닥이며.
페이가 글을 썼다.
[관객인 편이 보는 데 좋은 건 이해함. 하지만 인원 부족. 나중에 포토 타임 있으니 그거로 만족하기.]
파리채를 붕붕 휘두르면서.
"아니, 그게 아니라."
나는 고개를 떨어뜨리며 말했다.
"내가 평범한 인간이나 다름없다는 걸 잊고 있다는 뜻이었다."
타당한 내 의견에 랑이가 어리둥절하며 말했다.
"응? 그런 걸 내가 모를 리가 없지 않느냐?"
"아니, 그러면……."
치이가 치고 들어왔다.
"랑이 말이 맞는 거예요. 당연히 오라버니를 신경 쓰면서 할 거라고요."
"그러면 그 요술 좀……."
이번에는 페이가 연기로 쓴 글이 내 말을 막았다.
[요술 안 쓰면 성훈이 우리를 학살☆하니까 어쩔 수 없음.]
다시 말하지만, 이 녀석들.
놀 때는 이상하리만큼 승부욕이 강하다.
평소에는 그렇게 나를 좋아해 주면서!
흑흑, 이 오라버니는 슬프구나.
"슬퍼하는 척 해도 안 바꿔 주는 거예요."

……칫.

너무 오랜 시간을 알고 지냈어.

"알았어."

그런데 말이야.

"……너희들 왜 다 그쪽에 가 있냐?"

비치발리볼은 팀을 나눠서 하는 스포츠다. 마침 사람 수도 4명. 당연히 2:2로 나눠서 할 줄 알았는데 말이야.

왜 이 녀석들은 모두 네트 반대쪽에 있는 거냐.

아이들도 그제야 이상한 것을 느꼈는지 서로를 바라보며 말을 꺼냈다.

"아우우우? 왜 랑이가 여기 있는 건가요? 랑이는 저쪽인 거예요."

"응? 나는 성훈이하고 조금 전까지 같이 있었으니 너희들에게 기회를 줄 생각이었느니라."

[……성훈하고 같은 편을 하면 질 것 같아서가 아님?]

꽤나 잔인한 글을 아무렇지 않게 쓴 페이에게 랑이가 말했다.

"그, 그, 그럴 리가 없지 않느냐?"

야.

랑이야.

너 인마!

차가운 눈으로 랑이를 바라보고 있자니 내 시선을 눈치챈 녀석이 이쪽을 향해 호랑이 손을 흔들며 말했다.

"아, 아니니라! 그런 게 아니니라! 페이가 말하기 전까지는 그런 식으로 생각할 수 있는지도 몰랐느니라! 페이의 말에 당황해서 말을 더듬고 만 것이니라! 진짜! 진짜이니라!"

진짜인가 보다.

하긴, 우리 랑이가 아무리 놀이에서 이기고 싶다고 한들 나를 버릴 리가 없지.

치이와 페이에게도 랑이의 진심이 통했는지, 이내 의심 가득한 시선을 거뒀다.

"알겠는 거예요."

[알겠음.]

"휴우……."

랑이가 가슴을 쓸어내리며 안도의 한숨을 쉬고 있을 때.

"그러면 괜찮은 거예요. 랑이는 오라버니하고 같은 편을 하는 거예요."

[응. 그게 좋음. 우린 신경 안 써 줘도 됨.]

치이와 페이의 말에 랑이가 움찔하고는 그대로 굳어 버렸다.

견불생심…… 이 아니라, 견물생심이라고 하지.

치이와 페이에게 필승법을 듣고서 자기도 모르게 혹한 것 같다.

나는 한숨을 쉰 뒤 말했다.

"상품이 걸려 있는 것도 아닌데 뭘 그렇게 승패에 집착하는 거야."

"응?"

"아우우우?"

[무슨 소리?]

왜 어이없어 하는 건데?

내 시선에 먼저 답한 건 랑이였다.

"이기면 너와 하루 종일 같이 놀 수 있는 것 아니었느냐?"

나는 치이를 바라보았다.

치이는 볼을 살짝 붉히면서 귀 위 머리카락을 열심히 파닥이며 말했다.

"저, 저는 그런 건 바라지 않았던 거예요!"

그런 건.

다른 건 바랐다는 말이지.

나는 페이를 바라보았다.

페이는 허리에 두 손을 올리고 당당하게, 너무나 당당하게 글을 썼다.

[승자는 패자를 마음대로 할 수 있는 권리가 있는 거임!]

우리가 하려는 건 비치발리볼이지, 피로 피를 씼는 검투사 시합이 아니다.

어쨌든, 이 녀석들이 멋대로 상품이 걸려 있다고 생각한 건…….

무슨 일만 벌이면 나를 상품으로 걸었던 그 망할 귀신 녀석 때문이겠지.

이래서 가정 교육이 중요한 겁니다.

조금 늦었지만 지금이라도 제대로 된 교육을 하기 위해서, 나는 손을 흔들며 말했다.

"이번에는 그런 거 없어."

"에……."

"아우우우……."

[……실망.]

조금 전까지 보여 주던, 뜨거운 햇빛에 지지 않을 정도의 승부욕은 어디로 갔는지 모르겠다. 실망한 티가 너무 확 나니까 오히려 웃음이 나왔다.

"야, 상 같은 게 없어도 재밌다니까?"

나는 아이들이 대답을 하기 전에 땅에 떨어져 있는 공을 주워서 가볍게 쳤다. 공이 네트를 넘어가자 조금 전까지 풀 죽었던 모습은 어디로 갔는지, 야성을 해방한 랑이가 눈을 번쩍이며 높이 뛰어…….

공을 잡았다.

그야말로 완벽한 리바운드였다.

농구였다면 말이지.

"잡았느니라!"

……일단 비치발리볼의 규칙을 다시 가르쳐 주는 것부터 시작하자.

* * *

아이들과 함께 비치발리볼을 즐긴 후. 나는 생각보다 많이 지친 몸에 휴식을 주기 위해 랑이와 치이와 페이에게 같이 놀고 있으라고 한 뒤, 파라솔로 향했다.

승패는 물어보지 말자. 평범한 인간이나 다름없는 내가, 자기키보다 두 배는 높이 뛰고 고양잇과의 날렵한 반사 신경을 자랑하는 랑이와 같은 편이라고 한들…….

말 그대로 날아오르는 치이와 연기로 만든 파리채를 휘두르는 페이에게 이길 수 있을 리가 없으니까. 흔히 말하는 구멍이 너무 컸다는 거지.

내가 아니라, 파라솔이 만들어 낸 그늘 아래에서 매트에 누워 있는 나래와 함께였다면 승리는 랑이의 것이었겠지만.

그런데 나래가 지금 깨 있는지 자고 있는지 모르겠다. 검은색 선글라스를 끼고 있거든.

그게 무슨 상관이냐고?

만약 나래가 잠들어 있다면, 누워 있음에도 불구하고 자신의 존재감을 뽐내고 있는 아름다운 둔덕을 향해 나도 모르게 향하는 시선을 억제할 필요가 없으니까.

양심의 가책은 당연히 있지만 감수할 만한…….

"깨 있어, 성훈아."

나는 가슴께에 머물러 있던 시선을 위로 올렸다.

나래가 선글라스를 살짝 내리고서 나를 향해 미소 지으며 말했다.

"잠든 척하는 게 좋았어?"

아무 말도 못하고 있는 내게 나래가 작게 웃으며 말했다.

"이상하게 부끄러워한다니까?"

이제야 할 말이 생겼다.

"……너야말로 너무 대담한 거 아니야?"

"더 이상 자신을 숨기는 건 싫으니까."

"그래도 조금은 숨기는 게 좋다고 생각하는데."

나래는 대답 대신 자신의 옆을 손으로 툭툭 두드렸다.

"거부권은?"

"쉬러 온 거 아니었어?"

"거기 앉으면 쉬지 못할 것 같아서."

"걱정 마. 안 잡아먹어."

나래의 확언을 듣고 나서야 나는 옆에 앉았다.

"자, 잠깐만."

그게 실수였다.

너무나 당연하다는 듯이 나래가 내게 몸을 기대며 팔짱을 끼어 왔으니까.

"왜?"

"말하고 행동하고 다르잖아!"

"팔짱 정도 가지고 뭘 그래?"

이곳이 해변이라는 사실과 나래가 입고 있는 것이 비키니 수영복. 그리고 내 팔이 끼인 곳이 나래의 가슴 골짜기 사이라는 게 문제다.

그것만이라면 다행이지.

그 골짜기가 너무나 깊기 때문에 내 팔을 파묻는 것으로 모자라 내 몸에까지 닿고 있다.

그 모든 곳의 선명한 감촉이 느껴질 정도로!

"얼굴 붉어졌어, 성훈아."

"이런 상황에서 평정을 유지할 수 있으면 내가 부처님이겠지!"

"그거 알아? 부처님도 젊었을 때는……."

"아니, 알고 싶지 않습니다."

그보다 좀 떨어져 줬으면 좋겠다. 초인적인 인내심을 발휘하는 것도 슬슬 한계인 것 같으니까.

그런 내 눈치를 살짝 살핀 나래가 빙긋 웃으며 슬쩍 몸을 떨어뜨렸다.

휴우…….

"하긴 나도 팔짱 정도로 만족할 생각은 없었으니까."

아직 한숨 쉬기는 이른 것 같았군.

나는 긴장을 풀지 않고 나래에게 말했다.

"나한테 할 말이라도 있어?"

일부러 할 것이 아닌 할 말이라고 했다.

나래에게서 내 이성을 지키기 위함이기도 했지만, 한편으로는 비치발리볼을 하기 전에 있었던 일이 마음에 걸렸거든.

나래가 아야에게 했던 말이.

나래는 그때 아야에게 어떤 의미로 힘들어진다는 말을 한 걸까?

그에 대한 대답을 들을 수 있을 까 기대하던 내게, 나래가 말했다.

"등에 선크림 좀 발라 줘."

……기대했던 것과 다른, 그리고 그 이상의 일이었다.

내 노림수를 한 번에 간파한 것이기도 했고.

어떻게 반응해야 할지 고민하는 사이, 나래는 어느새 내게 등을 보이며 엎드려 누웠다. 그것만으로도 몸의 무게에 짓눌려 살짝 삐져나온 옆 가슴이 내 시선을 강탈했는데…….

"성훈아. 그 전에 수영복 끈 좀 풀어 줄래?"

나래 님께서는 내 시선을 평생 독점하고 싶으신가 보다.

"아니, 그 전에……."

"손이 안 닿는단 말이야. 응? 제발~"

살짝 코맹맹이 소리를 내며 애교를 부리는 나래 때문에 나는 할 말과 동시에 자제력을 잃을 뻔 했다.

지금까지 수많은 전투를 승리로, 선은 안 넘었으니 승리라고 치자. 어쨌든 상처뿐인 승리로 이끌어 왔던 나라고 해도 이번만큼은 패배를 직감했다.

어떻게 하지?

이대로라면 시작부터 끝까지 나래의 의도대로 끌려가게 될 거야.

거기다 이곳은 해변이고 나래는 속옷과 그 면적이 다를 바없는 수영복을 걸치듯 입은 상황! 아무리 내가 초인적인 자제력을 가지고 있다 해도 선을 넘지 않을 자신이 없다!

……아니, 그렇게까지 심각한 선은 아니고.

내 욕망에 져서 손이 멋대로 움직일 수 있다는 뜻이다.

그렇다면…….

나 역시 승부수를 둘 필요가 있다!

"알았어."

한 가지 결심을 한 나는 나래의 옆으로 좀 더 가깝게 다가가서는 몸을 틀었다.

"응?"

내가 평소와는 다르게 별다른 반항 없이 자신의 부탁을 들어준 게 이상했나 보다.

그러거나 말거나 나는 나래의 수영복 끈을 풀었다. 끈이 풀어 헤쳐지며 그 면적과 부피가 너무나 커서 수영복으로 가려지지 않았던 나래의 옆 가슴이 태양 아래에 온전히 그 모습이 드러났다.

그, 뭐라고 할까.

몸과 가슴의 경계선이 참으로 아름답구나.

그 선을 따라 손가락으로 훑어 보고 싶다는 생각이 들 정도다.

그뿐일까. 나래의 엉덩이도 내 시선을 잡아끌었다.

보기 좋게 솟아올라 있는 엉덩이를 가리기에는 수영복 하의의 면적이 너무나 적었으니까. 완연한 곡선을 이루면서도 봉긋이 솟아오른 엉덩이는 흔히 사람들이 말하는 순산형의 애

플 힙…… 이 아니라, 완성형이었다. 도저히 그 엉덩이에서 눈을 뗄 수가 없었다. 평소에는 얼굴을 마주하고 이야기해서 크게 신경 쓰이지 않지만, 나래는 엉덩이도 정말 예쁜 편에 속한다. 생각 같아서는 멍하니 바라보고 싶을 정도로.

하지만 지금은 할 일이 있다.

"나래야, 선크림은?"

"아, 여기."

나래가 내게 선크림을 넘겨줬다. 나는 아무 말 없이 선크림을 받아 든 뒤, 뚜껑을 열고 나래의 등에 새하얀 선크림을 떨어뜨렸다. 선크림이 살짝 차가웠는지 나래가 몸을 움찔 떨었지만, 그것도 잠시.

"바른다?"

이내 여유로운 목소리로 답했다.

"응."

나는 나래의 등에 손을 댔다. 미끌거리는 선크림과 따뜻한 체온을 가득 담은 나래의 등, 그리고 약간은 거친 내 손바닥이 하나가 되었다.

운동을 하는 나래의 탄력 있으면서도 부드러운 피부가 내 손에 착착 감겨 온다.

생각을 고쳐먹기 전의 나라면 이 감촉만으로도 얼굴을 붉히면서 쑥스러워하고 있었겠지.

하지만 지금의 나는 다르다.

그래.

지금의 나는 평소와 다르다.

나래와 의견 차이로 인해 작은 다툼이 있었던 후. 나는 지금까지 나래의 공세에 언제나 수비하는 입장이어야만 했다. 나래의 공세에 역으로 맞서 싸웠다간 그날로 어른의 계단에 오를 거라고 생각했으니까.

……하지만 정말 그런 일이 일어날까?

예. 정말 일어납니다.

나래의 추진력을 우습게 보면 안 된다고.

하지만 거기에는 한 가지 조건이 있다.

나래와 내가 누구에게도 방해받지 않는 상황이 되어야 한다는 것이다.

그런 상황에서 어떻게 반응할지 모를 세희는 일단 생각의 저편으로 보내자. 어느 쪽이 랑이에게 좋은 결과로 이어진다고 생각할지 모르니까.

다시 돌아와서.

여기는 주위에서 아이들이 뛰어놀고 있는 해변이다. 아무리 나래라고 해도 대낮의 해변, 그것도 아이들의 눈이 있는 곳에서 나와 그렇고 이런 짓을 하지는 않을 것이다.

지금은 말이지.

하지만 나는 현재만 보며 사는 사람이다. 언제까지 나래에게 당하고만 있을 수는 없잖아! 나도 자존심이라는 게 있다고!

……자기 합리화라고 생각하긴 하지만! 이미 제정신이 아닌 것 같지만!

중요한 건 내가 이미 그러기로 결정했다는 거다.

그렇다면 하자!

그래서 나는 손에서 느껴지는 촉감에 집중하기 위해 입을 다물고 정성껏 나래의 등에 선크림을 발랐다.

오목 렌즈처럼 휘어진 등의 척추를 따라 꼼꼼히.

"흐응…… 기분 좋아, 성훈아."

내 손길로 인해 흘러나온 나래의 낮은 신음소리에 나도 모르게 음흉한 미소가 지어졌다.

"꺄핫~!"

하지만 내 손이 허리, 정확하게는 옆구리로 향했을 때 나래는 조금 전과 다른 귀여운 웃음을 터트렸다. 내가 잠시 손을 멈추자, 나래가 살짝 몸을 틀어 웃음기 가득한 표정으로 나를 바라보며 말했다.

"허리는 됐어."

"응?"

이해를 못하고 있자니 나래가 설명을 덧붙였다.

"거긴 간지럽잖아."

아, 그렇지.

옆구리는 남이 만지면 간지러운 법이다.

……아픈 게 아니라.

"그래?"

그리고 지금 나래의 옆구리는 내 손 안에 있지.

자, 그렇다면 제가 지금부터 무슨 짓을 할까요?

"……저기, 성훈아?"
"왜?"
나래가 흘러내리는 수영복을 한 손에 잡고서 슬금슬금 엉덩이를 뒤로 빼는 걸 보니 이미 정답을 맞힌 것 같다.
"그건…… 아니지?"
"응? 뭐가?"
"……장난 칠 생각은 아니지?"
나는 나래에게 보란 듯이 손가락 관절을 현란하게 풀며 말했다.
"응. 아니야."
"자, 잠깐만! 성훈아, 너 지금 목소리 내려갔거든? 거기다 손 움직이는 게 징그러워!"
"무슨 말인지 잘 모르겠는데~"
"너, 너?!"
"자, 자. 손님. 가만히 계셔 주시기 바랍니다~"
나는 나래의 어깨를 눌러 억지로 자리에 다시 엎드리게 만든 뒤.
"읏챠."
나래가 도망치지 못하도록 허벅지 위에 올라타서는 옆구리에 손을 댔다.

"꺅?!"

두려움 때문인지, 아니면 내가 자기 위에 올라탄 것 때문인지, 아니면 또 다른 이유가 있는지 나래가 새된 비명을 질렀다.

그런데 말이야.

복수를 한 발 앞둔 순간에 할 말은 아니지만, 정녕 이게 인간의 허리란 말인가…… 먹은 게 모두 가슴과 엉덩이로 가는 게 아닐까, 하는 생각이 들 정도로 나래의 허리는 잘록했다.

나와 달리.

나래가 평소에 몸매 관리를 위해 노력하고 있다는 사실을 알면서도 내 좁은 마음속에서는 질투심이 솟구쳤다.

그러면 어쩔 수 없지.

"꺄하하하핫!"

나래를 간질이는 것으로 풀 수밖에.

"성훈아! 잠깐! 간지러워!! 장난치지 마!"

"장난이라니요~ 전 선크림을 바르고 있을 뿐입니다아~"

"저, 전혀, 아하핫, 아니, 꺄앗! 아니잖아!"

"착각입니다, 착각."

"거기다, 꺅! 파고들, 꺄하하핫! 너, 진짜, 아하하하!"

집요하게 허리를 노리는 손가락을 피하기 위해 나래가 왼쪽 오른쪽 몸을 비틀었지만, 말했듯이 나는 지금 나래의 허벅지 위에 체중을 싣고 앉아 있다. 우위는 내게 있단 말이지.

그럼에도 나래의 저항이 심한 데다가, 선크림까지 발라 마찰력이 거의 사라진 내 손이 의도치 않게 허리의 앞쪽으로 미끄러졌다.

나래의 배로.

정확히 말하면, 내게 벗어나기 위해 **몸에 힘을 주고** 있는 나래의 배에.

"……어?"

그곳에서 나는 지금까지 겪어 보지 못한 신선한 경험을 하게 되었다. 나래를 간질이는 것조차 잊어버릴 정도로 신선한 경험을 말이야.

"하아, 하아, 하아……."

갑작스럽게 찾아온 평온에 나래는 거친 숨을 내쉬면서도 고개를 돌려 나를 바라보았다.

갑자기 장난을 멈춘 게 이상한 거겠지.

나는 나래의 의문에 답하기 위해 입을 열었다.

"나래야."

나는 꿀꺽, 하고 침을 삼킨 뒤, 조금 전까지 나래의 배를 만지고 있던 내 손을 경악스러운 눈으로 내려다보며 말했다.

"너…… 복근 있었어?"

그렇다.

나래의 배에는 복근이 있었다.

평소에는 몰랐는데, 내게서 벗어나기 위해 몸에 힘을 주고 있는 나래의 배는 마치 무쇠처럼 탄탄했고, 살짝 갈라져 있었다. 지금까지 만져 본 아이들의 배에서는 느낄 수 없었던 탄탄함.

그 감촉에 나는 장난을 칠 생각이 싹 사라지고 말았다.

"나, 복근 처음 만져 봤어."

그 자리를 대신한 것은 경외감.

"우와, 장난 아니다."

나는 그 경이로움에 할 말을 잃고, 신비에 닿았던 손을 내려다보았다.

"……."

그런데 나래의 반응이 이상하다.

뭐랄까, 몸에서 풍기는 기운이 달라졌다. 지금 이 순간 이곳을 남국의 해변이 아닌 남극의 해변으로 착각하게 만들 만큼, 나래의 몸에서 싸늘한 기운이 풍겨져 나온다.

"……성훈아."

"으, 응?"

"내려와."

뭔가 잘못되었다는 것을 깨달은 나는 조용히 나래의 위에서 내려왔다. 나래는 아무 말 없이 수영복의 매듭을 묶은 다음에 자리에서 일어났다.

그제야 나는 나래의 얼굴을 정면에서 볼 수 있었다.

살짝 눈물이 맺혀 있는 눈가와 하늘 높은지 모르고 추켜올라간 눈썹. 귀까지 새빨개진 채 살짝 깨문 아랫입술.

나래의 얼굴에는 정말 여러 가지 감정이 녹아 있었지만.

"저기, 나래야."

"응?"

물론 그 중 가장 두드러진 것은 분노였다.

"……화났어?"

"성훈아."

나래가 오랜만에 내게 상냥해 보이는 미소를 지으며 말했다.

"세상에는 해도 될 말과 해서는 안 될 말이 있다는 거 알지?"

이건 위험해.

내 생존 본능이 경보를 울린다. 먼 이국땅에 묻히고 싶지 않다면 어떻게든 나래의 화를 가라앉혀야 한다.

나는 살기 위해 잔머리를 굴린 뒤, 말했다.

"괜찮아, 나래야! 부끄러워 할 거 없어! 복근이 있는 건 오히려 자랑거리니까! 나도 부럽다고, 그 **단단한 근육!** 어떻게 하면 그렇게 **근육질의 몸**이 될 수 있는 건지 나한테아아아아아악!!"

오랜만에 맞아보는 나래의 진심 꼬집기는 정말로 아팠다.

* * *

"어휴, 죽는 줄 알았네."

나는 나래의 손길에 새빨개진 허리를 매만지며 해변을 걸었다. 어떻게든 화가 난 나래를 달래는 건 성공했지만…….

내 시선이 가슴보다 조금이라도 내려가면 샤삭 하고 배를 가리기 바쁜 나래를 위해 자리를 피해 주기로 했다. 나래에게도 마음 편히 쉴 시간이 필요하니까.

"후우……."

그건 그렇고 햇빛 아래를 걷고 있자니 덥다. 이럴 줄 알았으면 아이스박스에서 얼음물 좀 가지고 올걸 그랬어.

"얼음물 대신 차가운 블루하와이는 어떻습니까?"

……이상한 이유를 대며 사람을 강제로 재우려고 했던 녀석이 너무나 태연하게 남의 그림자에서 기어 나오니 화도 나지 않는군.

"블루하와이는 또 뭔데?"

"럼주를 베이스로 한 칵테일입니다."

……럼주?

갑자기 머릿속에서 거친 바다에 맞서서 항해를 하는 근육질 사나이들이 떠오르는데?

"그거 술 아니야?"

"술입니다."

조금 전까지 비어 있던 세희의 손에 바다를 담은 듯한 칵테일 잔이 나타났다. 푸르고 맑은 액체가 담긴 잔에 맺힌 물방울이 또르륵 흘러내리는 꽤나 운치 있었다. 내가 어른이었으면 바로 잔을 받아 단박에 비웠을 거야.

어른이었다면 말이지.

"너, 지금 미성년자에게 술을 권하는 거냐?"

세희가 어깨를 으쓱하며 말했다.

"원래 술은 어른에게 배우는 법입니다."

나는 자칭 어른을 빤히 바라보았다.

"……네가 할 말은 아니지 않냐?"

"……왜 그렇게 생각하십니까?"

세희와 관련해서 입에 담으면 상당히 곤란해지는 화제가 떠올라서 입에 담을까 했지만, 세희의 눈웃음을 보고 포기했다.

'그것에 대해 생각이라도 하는 순간, 나는 너를 말로 죽여버릴 거야.'라는 경고야, 저건.

나는 오래 살고 싶기 때문에 그 화제는 넘어가기로 했다. 지금 그게 문제가 아니고 말이야.

"어, 어쨌든 술은 마시고 싶지 않아."

사람이 술을 마시면 어떻게 되는지는 아버지와 세희를 통해 잘 알고 있으니까 말이야.

"적당량의 음주는 긴장을 풀어 주어 **휴식을 취하기 좋게 만드는** 긍정적인 효능도 있습니다."

"싫다니까 그러네."

다시 말하지만, 나는 미성년자이기도 하고.

"됐으니까 물이나 줘."

"……알겠습니다."

불만이 가득한 목소리로 대답하고서 소매에 손을 집어넣는 세희를 보자, 머릿속에서 한 가지 가능성이 떠올랐다. 설마 이런 경우에도 장난을 칠까 싶었지만, 내 몸은 생각보다 먼저 세희에게 손바닥을 보이고 있었다.

"왜 그러십니까."

……세희에 대한 일그러진 믿음이 도를 넘어섰구나.

"아니, 뭐, 혹시나 해서 하는 말인데."

나는 죄책감을 덜어 내기 위해 머리를 긁적이며 말했다.

"차가운 물로 달라고. 뜨거운 물 말고."

세희가 손을 멈췄다.

"……."

"……."

기분 탓인지 소매 안에서 새하얀 김과 열기가 뿜어져 나왔다가 사라진 것 같은데.

야, 내 죄책감 물어내라.

"주인님."

"왜."

"식중독을 예방하기 위해 여름에는 오히려 뜨거운 물이 좋다는 것을 알고 계십니까?"

"한 번 끓인 물을 차갑게 식힌 다음에 마시는 게 그것보다 더 좋다는 것도 알고 있지."

"……목마른 자가 우물을 판다라는 속담은 알고 계십니까?"

"……자기 자식이 배가 고파 빵을 달라고 하는데 누가 돌을 주겠냐는 이야기는 알고 있냐?"

"주인님이 제 자식입니까?"

"말이 그렇다는 거잖아."

"말솜씨가 많이 느셨습니다?"

"누구 덕분인데."

스승과 제자는 잠시 동안 아무 말 없이 서로를 노려보았고,

생산력 없는 눈싸움은 세희가 입을 여는 것으로 끝났다.

"안타깝게도 찬물은 없습니다."

나는 세희의 소매를 가리키며 말했다.

"없을 리가 없잖아."

자기 소매에 갓 끓인 것처럼 김이 펄펄 나는 뜨거운 물을 가지고 다니는 녀석이 말이지.

내 시선을 의식한 세희가 소매를 걷어 올려 새하얀 팔목을 보이며 대답했다.

"주인님의 오해와 달리, 제 소매에는 아무런 장치도 속임수도 없습니다."

……그거, 전에도 했던 말 같은데.

어쨌든 이 녀석은 내게 순순히 찬물을 줄 생각이 없는 것 같다. 그러면 어쩔 수 없지. 세희의 말대로 목마른 자가 우물을 팔 수밖에.

"그러면 자판기는 어디 있냐?"

돈으로.

"이런 외딴섬에 자판기가 있겠습니까?"

세희가 나를 한심하다는 듯이 바라보았다.

하긴, 그래. 상식적으로 생각하면 이런 남국의 외딴섬에 자판기가 있을 리가 없지.

상식적으로 생각하면.

"여기는 네가 준비한 신혼여행지잖아, 신혼여행지. 그러면 네 이상한 부분에서 꼼꼼한, 혹은 매사에 삐뚤어진 성격상 자판기 정도는 준비해 놨을 것 같은데, 안 그래?"

세희가 고개를 돌리며 혀를 찼다.

"칫."

내 예상이 맞았군.

"서로 너무 오랜 시간을 알고 지내 온 것 같습니다, 주인님."

"그건 내가 할 말이지."

세희는 아무 말 없이 고개를 돌렸다.

그리고 한동안 가만히 있었다.

……뭐야? 이야기하다가 갑자기 먼 산을 보는 건 뭔데?

"야, 나한테 뭐 할 말 없냐? 예를 들면, 이 섬 어디에 자판기가 있는지에 대한 설명이라든가."

"주인님."

"왜."

"혹시 몸으로 말해요, 라는 TV 코너에 대해서 아십니까?"

"몰라."

겨우 TV 코너 하나를 모른다는 이유로 사람을 무시하는 시선을 받은 나는 화를 다스리며 말했다.

"그게 지금 무슨 상관……."

아, 그런 건가.

세희가 무슨 말을 하고 싶었는지 깨달은 나는 한탄을 입에 담고 고개를 돌렸다.

"야, 그렇게 말하면 내가 어떻게 알아?"

세희가 조금 전까지 바라보고 있던 방향을 향해.

"저쪽에 자판기가 있다는……."

다시 고개를 돌렸을 때, 세희는 나타났을 때처럼 홀연히 사라져 있었다.

이미 용무가 끝났다는 것처럼.

……도대체 이 녀석은 무슨 생각을 하고 있는 거야?

나는 투덜거리며 자판기가 있는 곳을 향해 걸었다.

자판기는 그리 멀리 있지 않았다. 걸어서 3분 거리였으니까.

그건 그렇고 주위에는 야자수가 하늘 높은 줄 모르고 울창하게 뻗어 있는데, 지붕 달린 가건물 아래에 음료수 자판기 하나가 달랑 있는 걸 보니 뭔가 위화감이 장난 아니네. 전봇대 같은 것도 없고, 발전기도 없는데 이거 전기는 어디서 공급하는 거야?

……뭐, 됐다.

음료수 자판기가 있다는 거에 만족하자. 심각하게 따지고 들어가면, 갑자기 땅이 흔들리고 아래에서 자판기와 연결된 거대 로봇이 나타날 수도 있으니까. 물론 그 거대로봇의 어깨에는 조종기를 들고 있는 세희가 타고 있을 거다. 그 녀석이라면 넋이 나간 나를 내려다보며 '이 자판기는 사실 거대 로봇의 일부분이었기 때문에 전력 걱정은 하지 않아도 됩니다.' 같은 말이나 하고 사라지겠지.

자판기의 전력 공급의 원리에 대해 계속 신경을 쓰면, 이런 어이없는 상상이 실제로 일어날 수 있다는 점에서 내 인생도 참 막장이구나. 하지만 내 인생에 대한 고뇌는 뒤로 미루자.
그것보다 신경 쓰이는 게 있으니까 말이야.
"……."
저기 가건물 뒤쪽에서 혼자 숨지 못하고 살포시 나와 있는, 가을 갈대를 연상시키는 아야의 풍성한 꼬리 말이야.
다만, 그 꼬리가 축 내려가 있는 게 마음에 걸린다.
음.
일단 나는 찬물을 두 병 뽑기 위해서 지갑에서 동전을 꺼내 자판기에…….
잠깐, 이게 뭐야.

찬물 하나에 3천원이라니, 너무 비싸잖아!

휴양지에 있는 자판기 가격이 반쯤 미쳐 있다는 건 알고 있지만, 여기서까지 그럴 필요는 없잖아!
이런 곳에 쓸데없는 현실감을 느끼게 하지 말라고!
피눈물을 흘리며 동전 대신 지폐를 꺼내 찬물을 한 병 뽑고서 가건물 뒤쪽으로 다가갔다.
아야의 꼬리가 움찔거린 걸 보니, 누군가 자기 쪽으로 온다는 걸 눈치챈 것 같다. 놀랠 생각은 없으니 말을 걸자.
"아야야, 거기서 뭐 해?"
밖에 나와 있는 아야의 꼬리가 보란 듯이 바짝 부풀어 올랐다.

"키이잉?!"

……다시 말하지만 놀랠 생각은 없었다.

내 의도와는 다르게 놀란 아야를 달래기 위해 나는 쓱, 고개만 가건물 뒤편으로 내밀었다.

이쪽을 향해 고개만 돌린 채 무릎을 끌어안고 앉아 있는 어린 모습의 아야가 있었다.

"까, 깜짝 놀랐잖아, 이 두근아!!"

머릿속에서 이두근, 삼두근이 떠오른 건 조금 전에 나래의 복근을 만졌기 때문일까.

나는 아저씨 개그를 머릿속에서 지워 버리고 아야의 옆에 다가가 앉았다. 그런 나를 보며 아야가 살짝 인상을 찌푸리며 말했다.

"옷 더러워져, 이 무신경아."

"어차피 수영복이라 괜찮아."

흙이 묻어도 물에 들어가면 씻겨 나갈 테니까. 그리고 그렇게 따지면 너도…… 라고 말하려 했지만, 아야의 엉덩이 아래에는 어디서 구했는지 모를 골판지가 깔려 있었다.

……진짜 어디서 구한 거야?

아니, 이게 중요한 게 아니지.

"그것보다……."

"흥."

아야의 콧소리에 말이 끊겼지만 나는 기분이 좋았다.

"더러운 건 싫으니까 여기 같이 앉아."

아야가 내 반대쪽으로 고개를 돌린 채, 몸을 꼼지락꼼지락 움직여서 골판지에 내가 앉을 자리를 마련해 줬거든.

"시, 싫으면 거기 앉아 있어도 상관없고."

"싫을 리가 있겠냐."

나는 자리를 옮겨 꼬리가 살짝 붉어진 아야의 옆에 슬쩍 엉덩이를 들이밀었다.

"키이잉?"

음.

골판지는 혼자 앉기에는 적당한 크기지만, 둘이 앉기에는 조금 좁은 것 같다. 덕분에 아야가 살짝 중심을 잃고 옆으로 넘어질 뻔했으니까.

"넘어질 뻔했잖아, 이 뚱뚱아!"

상처받았다.

뚱뚱이라고 할 건 없잖아. 옛날이라면 모를까, 랑이와 만난 뒤 이런 저런 일을 겪으면서 군살도 많이 빠졌는데 말이야.

"크응? 왜, 왜 그렇게 침울해지는 건데, 이 미안아?"

내 눈치를 살피는 아야를 보니 살짝 장난기가 돋았다.

"뭐, 뚱뚱한 건 사실이니까."

"키, 키잉……."

나는 당황해서는 입을 벙긋벙긋거리며 뭐라고 말을 하려고 노력하는 아야 대신 푸른 하늘을 바라보며 말했다.

"그래…… 거타지 아저씨하고 비교하면 난 뚱뚱한 편이겠지."

"왜 거기서 아저씨가 나오는 거야?!"

"준호 아저씨도 몸이 좋았지…… 벌써부터 아저씨들보다 못하다니…… 이래도 되는 걸까……."

"키이잉? 준호 아저씨는 또 누군데?!"

아. 아야는 모르나. 직접 만나 본 적은 없을 테니까 말이야.

"하아……."

그러거나 말거나 나는 땅이 꺼져라 한숨을 쉬었다.

"크으응……."

그런 나를 보며 아야가 두 손을 휘저으며 안절부절못한다. 자기가 무심결에 꺼낸 말에 내가 이렇게까지 침울해할 거라고는 생각 못했겠지.

그러면 슬슬 장난은 그만 칠까.

"뭐, 그런 건 아무래도 상관없는 이야기고."

"……킁?"

갑작스럽게 분위기가 바뀐 나를 아야가 놀래서 동그래진 눈으로 바라보았다.

하지만 그것도 잠시.

"캬아아아앙!!"

아야의 꼬리가 순식간에 붉어졌다. 나에 대한 걱정과 미안함이 한순간에 분노로 변한 거겠지.

"이 바보 멍청이 무신경 둔감이!!"

자리에서 벌떡 일어난 아야가 씩씩거리며 화를 냈다. 그에 대한 반응으로 나는 미소를 지으며 말했다.

"아니, 뚱뚱하다는 말이 신경 쓰인 건 사실이야."

"안 속아!"

"진짠데?"

진실을 알고 싶은 듯 아야가 내 표정을 살펴봤지만, 그것도 잠시.

"……진짜야, 이 설마설마야?"

"응. 은근히 신경 쓰고 있거든."

랑이 덕분에.

내 배가 부드러워서 좋다나, 뭐라나.

그런 엄한 이유로 곤란해진 아야가 눈매와 함께 꼬리를 축 내리고는 두 손을 꼼지락거리면서 한층 낮아진 목소리로 내게 말했다.

"……미안해, 아빠."

이래서 내가 아이들을 좋아할 수밖에 없다니까?

나는 아야의 손을 잡아서 옆…… 이 아니라 양반다리를 하면 생기는 공간에 앉히며 말했다.

"괜찮아. 별로 신경 쓰지 않으니까."

난 그런 사소한 걸 마음에 담아 둘 시간에 어떻게 하면 아이들하고 즐거운 시간을 보낼 수 있을지에 대한 고민을 하는 게 좋으니까.

그런 의미에서 아야가 이런 구석진 곳에 혼자 있었던 이유가 신경 쓰인다.

지금은 물어볼 상황이 아니지만.

"……정말? 킁, 나 생각해서 거짓말하는 거 아니지?"

이 녀석, 의심도 많다.

나는 아야의 양쪽 손목을 잡고서 위로 들어 부드럽고 폭신한 빰을 빙글빙글 돌리며 말했다.

"아니라니까 그러네. 그렇게 못 미덥냐?"

"큐아아~!"

자기 손가지고 장난치는 게 싫었는지 아야가 손을 빼고서는 몸을 살짝 틀어 나를 올려봤다.

귀를 쫑긋 세우고 볼을 잔뜩 부풀린 채 말이야.

"평소에 아빠가 우리 생각해서 자기가 상처 입었을 때도 거짓말하는 건 생각 못하지?"

평소 내 행실의 문제였나.

"선의의 거짓말이라는 것도 있잖아?"

아야의 눈매가 가늘어졌다.

"난 그런 거 싫어."

아차, 아야의 아픈 구석을 건드린 것 같다.

나는 아야의 어깨에 한쪽 팔을 두르고 머리를 쓰다듬어 주면서 말했다.

"이제는 그럴 일 없으니까 걱정 말고."

내 말에서 진심이 느껴졌는지, 툭, 아야가 내 가슴에 머리를 기대 왔다.

"……바보 아빠."

"그래, 그래. 바보 아빠라 미안하다."

그렇게 랑이라면 깜빡 잠들어 버렸을 정도의 시간 동안 아야를 안심시켜 준 뒤.

이제는 괜찮겠지 싶어 나는 아야를 봤을 때부터 궁금했던 일을 꺼내기로 했다.

"그런데 아야야."

"……."

"아야야?"

대답이 없는 게 이상해서 슬쩍 고개를 숙여 보니, 아야는 눈을 감은 채 고개를 꾸벅거리며 살짝 졸고 있었다.

꾸벅꾸벅 졸고 있는 아야를 보고 있자니 한자 시간에 배웠던 말이 기억났다.

착한 사람과 알고 지내면 마치 향기가 좋은 난초가 있는 방에 들어가 있는 것 같아서, 자기도 모르는 사이에 착한 사람이 된다는 이야기였지.

원래는 사자성어였는데 잘 기억이 안 난다.

머릿속에서 지랄지교라는 말이 떠올랐지만, 설마 그건 아닐테고.

어쨌든 랑이하고 같이 지내다 보니까 이런 것도 닮아 버린 것 같다. 그도 아니라면 내 품에 뭔가 수면 유도제 성능이라도 있다든가.

그건 그렇고 이건 안 좋다.

이왕 낮잠을 잘 거면 편한 곳에서 편한 자세로 자는 게 좋으니까. 거기다 또, 이런 자세로 아야가 낮잠을 자면 내가 힘들다. 아무리 아야가 깃털처럼 가볍고, 맞닿은 엉덩이가 푹신

하다 해도 시간의 무게는 무시할 수 없으니까.

나는 몸을 좌우로 흔들어 아야를 깨우며 말했다.

"아야야, 졸려?"

"크응……? 안 졸려……."

이미 목소리가 잠기운에 푹 절어진 것 같은데.

"잘 거면 자리를 옮기자. 응? 이런 곳에서 자는 건 안 좋으니까."

내 말에 아야가 몸을 꼼지락거리며 두 팔로 나를 끌어안고는 말했다.

"난 괜찮아……."

옛날에도 말한 적 있지만, 아야는 어린 모습일 때도 은근히 가슴이 크다. 치이나 폐이와 비할 바는 아니지만, 그래도 이렇게 몸을 붙일 때는 그 존재감을 충분히 드러내기에 충분할 정도지.

거기다 지금 나와 아야가 입고 있는 것은 수영복. 나야 애초에 위에 아무것도 안 입었고, 아야는 드러난 피부의 면적이 넓다.

"내가 안 괜찮다, 이놈아."

그렇다고 오해하면 안 된다. 그런 의미로 말한 거 아니니까.

슬슬 다리가 저려 오고 있거든.

"자, 일어나."

"크으으응!"

다행이 얕은 잠이었는지 아야가 불만이 가득한 소리를 내며 눈을 뜨고서는 나를 올려다보며 말했다.

"……치사해."

"뭐가?"

"밥보는 이럴 때 그냥 재워 주면서."

"집에서나 그런 거고."

그리고 이런 자세로 재운 적은 단 한 번도 없다. 언제나 마지막에는 이불을 깔고 그 위에 눕혔지.

"여기서 널 재우려면 저~기 별장까지 널 안고 가야 한다고."

예전에 세희와 말싸움을 벌였던 추억이 있는 그 별장 말이다.

아야는 별장이 있는 쪽을 한 번 보더니, 이내 고개를 돌려 나를 바라보며 요염한 눈웃음을 지었다.

"크응, 그것도 괜찮겠는데?"

"내가 안 괜찮아."

내 팔 힘은 그 정도로 좋지 않으니까.

지극히 현실적인 대답에 아야가 인상을 찌푸리며 말했다.

"키이잉! 그럴 때는 빈말이라도 괜찮다고 하는 거야, 이 답답아!"

"조금 전에 나한테 거짓말하지 말라며?"

"그건 그거! 이건 이거!"

아야의 어리광에 저절로 입가에 미소가 지어졌다.

"그래, 그래. 안고 가는 건 힘들겠지만 업고 가는 건 괜찮을 것 같은데. 졸리면 잠깐 낮잠 자러 갈까?"

아야가 입술을 삐죽거리며 말했다.

"됐어, 이 분위기 파악도 못하는 바보야."

아야가 삐친 듯이 휙, 고개를 돌렸지만 풍성한 털을 자랑하는 꼬리가 살랑살랑 흔들리는 걸 보니 기분은 괜찮은 것 같다.

……그러면 슬슬 내 다리를 위해서 아야를 내려 앉혀야겠군.

그런 생각을 하고 있을 때.

"그런데 아빠."

"응?"

아야가 다시 내 쪽을 바라보며 입을 열었다.

"나한테 하고 싶었던 말 있는 거 아니었어?"

내심을 찔린 나머지 살짝 당황했다. 아무리 내가 속마음을 숨기는 데 재주가 없다고 해도 지금은 그런 티를 안 냈다고 생각했거든.

"어떻게 알았어?"

아야가 꼬리로 입을 가리며 웃었다.

"키히힝. 그런 거야 보면 알아, 이 빤빤아. 아까부터 하고 싶은 말이 있는데 내 눈치 봐서 말을 못 꺼내고 있는 게 빤히 보였는걸."

지금 말한 '빤빤아'라는 말은 속이 빤히 보인다는 뜻인 것 같다.

"그래서 뭐야?"

아야가 목걸이를 가리키며 말을 이었다.

"혹시 다시 어른 모습으로 돌아갔으면 좋겠다는 거야? 그러면 못해 줄 건 없는데?"

생각보다 말이 먼저 나왔다.

"그건 봐줘라."

"……키이잉?"

아야의 꼬리와 닿아 있는 곳이 뜨거워졌다.

나는 화상을 입기 전에 재빨리 변명했다.

"아니, 그런 의미가 아니라. 이런 자세로 네가 어른이 되면, 그, 뭐라고 해야 하나. 아무리 나라고 해도 조금 그런 기분이 드니까."

이제는 다른 의미로 뜨거워졌군.

"아빠는 날 딸로 보는 거 아니었어?"

"그건 그거, 이건 이거."

차라리 알몸이면 모를까, 내가 수영복에는 내성이 없거든.

이런 사정을 알고 있는지, 모르고 있는지.

"키히히힝~?"

아야는 장난기 가득한 웃음소리를 냈다.

안 돼. 안 좋아. 가만히 있다가는 아야가 어른으로 변해서 내 이성을 갉아먹을 게 눈에 선하다. 지금처럼 서로 몸을 밀착한 상황에서 어른이 되면, 신체의 변화가 일어날 가능성은 충분히 높다.

나는 그런 일을 방지하기 위해 목걸이에 닿은 아야의 손을 잡아 내리며 말했다.

"그, 그것보다."

"지금 당황했지, 수영복 좋아좋아야."

그렇게 부르지 마라.
사실이지만.
나는 화제를 돌리기 위해서 조금 목에 힘을 주고 말했다.
"그런 것보다 말이야."
아야가 꼬리로 내 가슴을 간지럽히며 말했다.
"알았어, 이번에는 넘어가 줄게. 키히힝~"
그거 참 고맙구나. 앞으로는 그런 장난을 한 번만 덜 치고 말해 줬으면 좋겠지만, 그런 건 너무 나만 생각하는 거겠지.
"그래서 무슨 말이 하고 싶은 거야?"
나는 지금 가장 아야에게 하고 싶은 말을 입에 담았다.
"다리가 저리니까 내려와 줘."
……세희한테 뜨거운 물을 받아 올 걸 그랬군. 그랬으면 아야의 눈빛에 급속 냉동이 됐을 텐데.
나는 아야의 오해를 풀기 위해 입을 열었다.
"같은 자세로 오래 앉아 있어도 다리는 저리다고."
"……진짜지?"
"……글쎄다?"
나는 확답을 피하고 아야의 허리를 두 손으로 잡아 살짝 위로 들어 올린 뒤, 다리를 쭉 폈다.
휴~. 이제 좀 살겠네.
아야는 여전히 나를 무시무시한 눈으로 노려보면서 은근슬쩍 내 옆구리에 손톱을 세웠지만.
나는 화제를 돌리기 위해 찬물을 들이키고 아야에게 권했다.

"마실래?"

"응."

마음에 안 드는 눈치지만 따라 주기로 한 것 같다. 활활 타오르는 속을 달래기 위해선지 벌컥벌컥 찬물을 들이켠 아야가 손등으로 입가를 쓱쓱 닦은 뒤, 내게 말했다.

"그래서 그게 나한테 하고 싶었던 말이야?"

"그럴 리가 있냐."

"그럼 뭔데?"

나는 아야의 머리를 쓰다듬어 주며 대답했다.

"아야는 왜 혼자 있었던 거야?"

아야가 움찔, 몸을 굳혔다.

나는 더욱 정성껏 아야의 머리를 쓰다듬어 주었다. 여우 귀의 아래쪽을 손톱으로 살살 긁어 주기도 하고, 두 손가락으로 잡아 굽혔다 펴기도 하면서.

그게 효과가 있었는지 평소처럼 몸을 푼 아야가 조심스러운 목소리로 말했다.

"……나래 언니야가 나한테 화난 것 같아서 그래, 이 걱정아."

아, 그때 일인가.

나래와 어른 모습의 아야가 서로 가슴을 맞대고 기싸움을 벌였을 때 말이야.

……왜 그때의 모습이 다시금 선명하게 기억에 떠오르는지는 묻지 말아 줬으면 좋겠다.

"그래서 여기로 피해 온 거야. 크응, 나래 언니야가 그렇게 화내는 건 처음이었거든."

아야의 근심 가득한 목소리가 나를 현실로 되돌렸다.

"내가 보기에는 그렇게 화난 것 같지는 않았는데."

나래가 진심으로 화를 내면 어떻게 되는지 직접 몸으로 겪은 사람의 말이기 때문에 설득력이 있을 거라 생각했지만.

"키이이잉?!"

아야는 꼬리털까지 바짝 세우면서 반론했다.

"직접 못 봐서 그래, 이 무신경아! 나래 언니야가 얼마나 무서운 표정을 지었는데?!"

그때의 기억이 떠올랐는지 아야가 두 손으로 어깨를 잡고 덜덜덜 떨었다. 그 모습이 살짝 안쓰럽기도 하고 재미있기도 하면서 조금 안심이 됐다.

세희에게도 대들었던 아야의 마음 속 독기가 그만큼 빠져나갔다는 이야기이기도 하니까.

"하긴 나래가 진심으로 화나면 많이 무섭긴 하지."

그러니까 지금은 안심시켜 주자.

나는 아야의 몸을 돌리고서 내 가슴에 등을 밀착시킨 뒤, 허리에 두 팔을 감았다. 이러면 마음이 편안해지지.

나나, 아야나.

"키이잉……."

아야의 마음에 두려움이 가시자 걱정이 다시 생겨난 것 같다.

나는 아야의 머리 위에 턱을 올리며 말했다.

"하나 물어봐도 돼?"

"……킁."

긍정이라고 생각하면 되겠지. 그러면 내가 할 일은 정해져 있다.

"아야는 나래가 화를 내는 게 무서운 거야, 화가 난 게 무서운 거야?"

그 전에 먼저 확실하게 해야 할 게 있지만.

만약 전자라면, 괜찮다. 나래는 이미 화가 다 풀린 것 같은 눈치였으니까.

하지만 만약 후자라면.

나는 아야의 등을 살짝 밀어 줄 생각이다.

"당연히 후자잖아, 이 엉뚱아."

나래와 이야기를 할 수 있는 분위기를 갖춘 장소를 향해.

"그래?"

읏차.

나는 아야의 허리에서 손을 푼 다음에 자리에서 일어났다. 오래 앉아 있었더니 일어선 게 더 편하군.

"키이잉?"

아야는 그런 나를 어리둥절해서는 올려다보았다.

이야기를 하다가 갑자기 일어나니까 당황한 것 같네.

그러거나 말거나, 나는 아야에게 손을 내밀며 말했다.

"일단 일어나자."

아야가 황급히 고개를 절레절레 흔들었다.

"아, 아직 마음의 준비가 안 됐단 말이야, 이 성급아! 그리고 나한테 나래 언니야한테 무조건 사과하라고는 하지 마! 킁! 나도 가만히 넘어갈 수 없는 건 있으니까!"

……오해를 하게 만들었네.

"아니, 그런 거 아니야."

"키잉?"

"지금은 일단 같이 놀자는 뜻이었으니까. 나래하고 이야기할 때는 옆에 있어 줄 테니까 걱정 말고."

"……"

분명 이 녀석, '이 무사태평한 바보, 내 마음도 모르고.' 같은 생각이나 하고 있겠지. 표정에서 다 드러난다.

"이 무사태평한 바보야! 내가 지금 놀 기분일 것 같아?"

그렇다고 진짜 그렇게 말할 건 없잖아?

"그래? 그러면 나 혼자 놀러 간다? 며칠 동안 고생해서 겨우겨우 놀러 왔는데, 제대로 놀지 못하면 아쉬우니까."

"……킁."

살짝 진심 섞인 허세를 부리니 아야가 침울해져서는 낮은 콧소리를 냈다.

"마음대로 해."

그것뿐이라면 다행이지만, 어느새 내가 처음 이곳에서 아야를 찾았을 때처럼 무릎까지 끌어안고 고개를 파묻었다.

이런 반응을 바란 건 아니었지만, 뭐 어때.

"정말 마음대로 한다?"

내 말이 신경을 거슬렀는지 아야가 휙 고개를 들고는 빽 소리 질렀다.

"마음대로 해, 이 심술아! 다른 애들하고 놀러 가든지, 말든지 난 상관 안 할 테니까!"

그래서 마음대로 했다.

"캬아아앙??"

윽, 역시 힘들군.

아무리 아야가 가볍다고 해도 열 살 남짓의 아이다. 한 팔은 무릎 아래에 집어넣고 등에 다른 한 팔을 둘러서 안아드는 건, 상상 이상으로 힘들었다.

공주님 안기, 정말 힘든 겁니다.

"뭐, 뭐, 뭐 하는 거야, 이 당황아?!"

그것도 꼬리를 두 배로 부풀릴 정도로 당황해서 허둥지둥하는 녀석을 안는 건 말이야.

"마음대로 하라며?"

"그런 게 아니잖아! 내려 줘!"

나는 딱 잘라 말했다.

"싫어."

내 목소리에 담긴 진심을 느꼈는지 아야가 반항을 멈췄다. 덕분에 나는 아야에게 하고 싶은 말을 전할 수 있었다.

"이런 곳까지 와서 기억에 남는 게 혼자 틀어박혀 있었던 거면 슬프잖아. 그러니까 아빠와의 추억 만들기에 동참해 준다고 생각하고 같이 놀러가자."

나는 아무런 대답이 없는 아야를 따듯한, 내 주관에서는 따듯한 눈으로 바라보며 말을 이었다.

"괜찮지?"

"……약았어."

아야는 입을 삐쭉 내밀고서는 고개를 휙 돌렸다. 그래도 살짝 붉어진 뺨을 숨길 수는 없었다.

야, 야. 그러면 농담하고 싶어지잖아?

"아야야."

"……킁?"

조심스럽게, 하지만 뭔가를 바라는 시선을 가득 담아 나를 바라보는 아야를 향해 나는 말했다.

"……무거우니까 내려와 주면 안 될까."

"캬아아앙!!"

농담 한 번 했다가 죽을 뻔했지만, 어쨌든 나는 다시금 아야를 어르고 달래서 해변으로 데려올 수 있었다.

나래와 아이들이 놀고 있는 곳에서 조금 떨어진 쪽으로. 나름 신경을 쓴 행동이었지만 문제가 하나 있었다.

……뭘 하고 놀지.

둘이서 물놀이나 할까?

그런 생각을 하고 있을 때.

"휴양지의 명물 바나나 보트가 현재 무료로 운영하고 있습니다."

분명히 조금 전만 해도 자연 그대로의 아름다움을 간직하고 있던 해변에 바나나 보트가 달린 모터보트에 타고 있는 세희가 나타났다.

그것도 검은 한복 위에 구명조끼를 입고, 머리 위에는 선글라스까지 올린 채, 불도 안 붙은 짧은 파이프 담배를 입에 물고서 말이야.

"……."

"……."

나와 아야는 한마음 한뜻이 되어 세희를 어이없는 눈으로 바라보았다.

"못 볼 거라도 보셨습니까."

아니, 나는 그냥 어이가 없어서 그렇다. 오늘따라 네 녀석이 무슨 생각을 하고 있는지 감도 못 잡겠거든.

나를 억지로 재우려고 할 때는 언제고, 지금은 마치 나를 도와주겠다는 듯이 딱 좋은 타이밍에 놀 거리를 가지고 나타났으니까.

왜 이러지?

하지만 그런 생각을 하고 있는 나와 달리 아야는 마치 강아지가 원숭이를 만났을 때와 같은 반응을 보였다.

"키이이잉!! 아빠를 억지로 재우려고 했으면서 무슨 낯짝으로 나타난 거야, 이 깜깜아!"

"무슨 낯짝이나니, 지금 보고 계시지 않습니까?"

그렇게 말하는 세희는 정말 상쾌한 미소를 짓고 있었다. 어딜 봐도 아야를 약 올리려고 모습이었지만, 아야는 거기에 홀라당 넘어가고 말았다.

"캬아아아앙!!"

그래도 여우불은 안 띄우고 있는 걸 보니 그리 심한 것 같지는 않지만, 가만히 놔두다가는 세희에게 덤벼들 것 같은 눈치다.

나는 아야의 어깨에 한 손을 올려 만약의 사태를 방지한 뒤.

"크응?"

의아해하는 아야의 시선을 받으며 세희에게 말했다.

"나도 좀 궁금하긴 하네. 네가 도대체 무슨 생각을 하고 있는지 말이야."

"지금은 주인님과 아야 님께서 즐거운 시간을 보내시는 데 도움을 드리고 싶은 호의 밖에 없습니다."

지금은 말이지.

나와 아야는 한마음 한뜻이 되어 차가운 시선을 세희에게 보냈다.

물론 세희는 표정 하나 바꾸지 않았지만.

"그래서 안 타실 겁니까?"

바나나 보트를.

음…….

만약 바나나 보트를 몰고 온 게 세희만 아니었다면 두 말 않고 탔을 거다. 유치원 때 **다른 아이들이** 위험하다고 나만 안 태워 줬던 추억도 있고.

……그럴 줄 알고 미리 바나나 보트에 구멍을 뚫어 놓고 껌으로 막아 놨지만. 출발한 지 얼마 안 돼서 다들 물속에 빠져서

허우적거리는 걸 바라보며 비웃었던 건 그야말로 꿀맛이었다.

어, 어쨌든.

세희가 무슨 생각을 하고 저걸 끌고 왔는지 모르니 지금은 그냥 넘어가는 게 좋지 않을까.

혹시 모르잖아. 저 바나나 보트가 갑자기 바나나 로켓이 돼서 우주로 날아갈지.

말도 안 되는 소리라고 생각하겠지만, 세희라면 충분히 하고도 남는다.

"안 타실 거면 가 보겠습니다."

그런 내 생각을 읽었다는 듯, 세희는 두말하지 않고 등을 돌렸다.

나는 속으로 안도의 한숨을 쉬었다.

조금 아쉽지만, 군자는 위험한 곳에 가지 않는다는 말도 있잖아.

"자, 잠깐만, 이 성급아!"

그런데.

바로 옆에서 급한 목소리로 세희를 붙잡는 녀석이 있었다.

두말할 것도 없이 아야다.

세희가 등을 돌린 채 고개만 돌려 이쪽을 바라보았다.

"왜 그러십니까, 아야 님."

"아, 안 탄다는 말은 한마디도 안 했거든? 일부러 준비해 줬으니까 한 번, 킁, 그래. 한 번 정도는 타 줘도 괜찮아."

나는 아야를 바라보았다.

아야는 팔짱을 끼고 살짝 얼굴을 붉히며 고개를 돌린 채 힐끔힐끔 세희를 훔쳐보고 있었다. 그것만으로 모자라, 산책 나가자는 소리를 들은 바둑이처럼 흔들리는 꼬리까지.

……어딜 봐도 바나나 보트를 타고 싶어서 안달이 난 모습입니다.

"그러십니까?"

기분 탓인지 모르겠지만, 그런 아야를 보는 세희의 입가에 비릿한 미소가 걸린 것 같은데.

그리고 그 미소는 곧 나를 향했다.

"어떻게 하실 겁니까, 주인님?"

이런 걸 뭐라고 하더라.

독이 든 성배? 아니, 따지고 보면 성배도 아니지.

하지만 거절할 수도 없다.

세희가 나한테 한 짓을 언짢아했던 아야가, 자기 자존심까지 굽히고 세희를 붙잡았으니까.

"뭐."

거기다 아야의 시선이 세희가 아니라 나한테 고정됐다고. 마치 장난감 코너에 온 어린아이처럼 반짝반짝 이는 눈동자로.

여기서 세희를 돌려보내면 아야가 눈에 띄게 침울해질 거다.

"재밌겠네. 한 번 타 보자."

"키히힝~"

아야의 기분 좋은 콧소리를 들으니 내가 제대로 된 선택을 했다는 생각이 들지만…….

"알겠습니다."

세희의 미소가 한층 더 짙어지는 걸 보니 벌써부터 후회가 되는군.

하지만 이미 주사위는 던져졌다.

나는 세희가 건네준 구명조끼를 착용한 뒤, 아야가 입는 것도 도와주고서 바나나 보트에 올라탔다. 내 뒤에 탄 아야는 벌써부터 기대가 되는지 귀는 쫑긋쫑긋, 꼬리는 살랑살랑, 눈동자는 똘망똘망해서 내 마음을 흐뭇하게 만들었다.

"크응? 왜 그래, 이 흥미진진아?"

그렇다고 그걸 입에 담으면 아야 성격상 신경 쓰겠지.

"아니, 제대로 잘 탔나 해서."

"키히힝~ 걱정할 거 없어, 이 근심아."

……지금 내 마음에는 근심 걱정밖에 없는데.

물론 아야 때문이 아니다.

"그러면 출발하겠습니다."

저기 앞에서 모터보트에 타고 있는 세희 때문이지.

"그럼."

정정.

깊고 깊은 어둠의 골짜기에서 남의 불행을 자신의 행복이라 여기는 이단자나 지을 법한 미소를 입가에 걸고 있는 세희 때문이다.

"야, 잠깐만. 너. 이상한 짓 하지……."

"부디 즐거운 시간이 되시기를."

내가 말을 끝내기도 전에 보트가 움직이기 시작했다.

그리고.

긴말은 하지 않겠다.

"우아아아아앗!!"

"캬아아아아앙!!"

외딴섬에 울려 퍼지고 있는 비명 소리로 우리가 지금 무슨 상황에 처했는지 알 수 있을 테니까.

물론 시작부터 이랬던 건 아니다.

처음에는 내 걱정을 기우로 만들겠다는 듯, 세희는 적당한 속도로 보트를 몰았다.

그때는 정말 좋았지. 시원한 바닷바람과 열기를 식혀 주는 물방울, 쾌적한 속도감을 즐길 수 있었으니까. 하늘을 날아다니는 갈매기를 손가락으로 가리킬 수 있을 정도의 여유가 있었다고.

……그때, 미친 척하고 바다에 뛰어내렸어야 했어.

"야야야야야야야야! 속도! 속도 낮춰! 야, 인마!! 안 들려?!"

"왜, 왜 이러는 거야, 이 무섭아아아아!! 이건 너무 빠르잖아아아아!"

비명을 지르는 내 귓가에 원래대로라면 닿을 리 없는 세희의 나긋나긋하고 차분한 목소리가 들려왔다.

"안주인님께서 진심으로 달리실 때와 비교하면 거북이 걸음이나 마찬가지인데 뭘 그리 엄살이십니까?"

비교 대상이 잘못됐잖아, 이 자식아아아아! 그 녀석은 지구 반대편에서 순식간에 뛰어오는 녀석이라고!!

그래도 나는 그 사실을 입에 담지 않을 정도의 이성은 남아 있었다. 그 순간 세희의 장난기가 더 심해질 테니까.

하지만.

“그럼 힘만 센 밥보하고 비교하지 말란 말이야아아아아!!”

세희의 목소리는 내게만 닿은 게 아니었고, 아야는 아직 세희를 나만큼 파악하지 못하고 있다는 게 불행이었다.

“그렇습니까?”

얼핏 보이길, 모터보트에 타고 있는 세희가 뭔가 SF 레이싱 만화에서나 나올 법한 손잡이를 잡더니 앞으로 쭉 밀며 말했다.

“부스트 온.”

그 순간.

“으아아아아아아아아악!!”

“캬아아아아아아아아앙!!”

모터보트가 폭주했다.

이건 모터보트가 낼 수 있는 속력이 아니야! 바나나 보트가 견딜 수 있는 속도도 아니고!

당연히 손잡이를 잡고 버티는 게 힘들다. 세희가 코너링을 할 때마다 원심력에 날아갈 것만 같았다.

하지만 나는 버텼다. 버틸 수밖에 없었다.

떨어지면 죽는다는 공포. 아니, 죽는 일이 없더라도 최소한 수제비 뜨기를 할 때의 조약돌 꼴이 될 거라는 사실에 대한 공포.

오로지 살고 싶다는 욕구만으로 버티고 있는 거다.

하지만 그때.

"끼야아아아앙!!"

이런 상황에서 재주도 좋게 내 허리를 두 팔로 끌어안은 아야가 문제였다.

"잠깐, 아야야?!"

"무서워어어어어!!"

나도 알아! 플라스틱으로 만든 손잡이보다는 사람의 몸을 잡았을 때가 심적으로 안정된다는 사실을! 하지만 말이다, 아야야! 다시 한 번 생각해 봐! 내 약해 빠진 힘으로 두 명 분의 무게를 지탱하는 건 무리라는 걸!

그 결과.

"앗."

"캬아앙?"

나와 아야는 사이좋게 하늘을 날게 되었다.

* * *

"……죽는 줄 알았네."

다행이라면 다행이고, 당연하다면 당연한 일이겠지만 나와 아야는 수면에 부딪히기 전에 세희의 요술로 구조됐다.

다만 평소에 험악한 일을 많이 겪어 정신 줄이 질겨진 나와 달리, 아야는 광란의 질주를 벌인 심리적인 후유증이 컸는지 잠시 혼자서 쉬고 싶다며 별장으로 향했다.

당연히 나도 옆에 있어 주려 했지만.

"……열심히 일해서 놀러 온 거잖아, 이 성실아. 나는 괜찮으니까 다른 애들하고 놀아."

쫓겨났지.

정신적으로 피곤할 때는 혼자 있는 시간도 필요하다는 사실을 알고 있는 나도 억지로 권하지는 않았고.

그렇게 혼자가 되어 아이들이 있을 해변으로 돌아가던 나는 눈에 띄는 녀석들을 볼 수 있었다.

"저 녀석들은 뭐 하러 가나 싶었더니……."

해변에 가면 흔히 볼 수 있는 지형적으로 툭 튀어나온 바위 위. 냥이가 낚시용 접이식 의자 위에 앉아 낚싯대를 기울이고 있었다. 그 뒤에는 가희가 빈손으로 앉아 있고.

나는 낚시를 하는 모습을 보는 건 처음이라 호기심이 생겨 그쪽을 향해 걸음을 옮겼다.

그렇게 거리가 가까워지며 알게 됐는데…….

냥이는 꽤나 본격적으로 낚시를 하고 있었다.

일단 복장부터가 남다르다.

머리에는 귀가 빠져나오는 챙 넓은 모자를 쓰고, 검은색 선글라스에 새하얀 긴팔 티셔츠, 그리고 그 위에 망사로 만든 노란색 낚시 조끼를 입고 있다. 입고 있는 바지도 평소와 달리 검은색 긴바지고, 거기에 장화에 장갑까지.

……안 덥나?

바로 뒤에, 파라솔 아래에 앉아 있는 가희와 비교하면 너무 꽁꽁 싸맨 것 같은데.

평소에도 노출도가 높은 옷을 입고 있는 가희는 오늘도 나래 부럽지 않은 몸매를 뽐내고 있었다.

다시 말하면 수영복의 디자인 때문에 눈 둘 곳이 없다는 뜻이지.

가희는 하이 레그형 원피스 수영복을 입고 있었다. 다만, 그 수영복이 지퍼로 잠그는 형식으로 되어 있고 가희가 지퍼를 배꼽 위까지 열고 있다는 게 문제야.

마치, 자신의 체형 때문에 이 위로는 지퍼를 채울 수 없다는 듯이.

저거, 잘못했다가는 옷에 가려져야 할 신체 부위가 만천하에 드러날 것 같은데.

흐흐흐흐.

……내가 지금 무슨 생각을 하는지 모르겠군.

얼빠진, 하지만 내 나이대의 남자라면 누구나 다 할 법한 생각을 하며 조금 더 가까이 다가가자, 가희가 먼저 인기척을 느꼈는지 내 쪽을 향해 고개를 돌렸다.

"어머나, 전하. 무슨 일이신가요?"

가희가 나를 확인하고는 의자에서 일어나 이쪽을 바라보며 미소 지었다.

여전히 익숙해지지 않는 만들어진 미소군.

그리고 풍만한 가슴이고.

"제 미흡한 몸에 흥미가 동해 오신 건가요?"

내 시선을 눈치챈 가희가 보란 듯이 두 팔을 앞으로 모으고 허리를 숙였다. 덕분에 수확을 기다리는 농익은 과실처럼 아름다운 가슴이 중력의 영향으로 출렁거리는 순간은, 내가 평소에 나래의 유혹에 시달리지 않았다면 시선을 뗄 수 없을 정도로 매혹적이었다.

……말은 이렇게 했지만 사실 못 떼고 있습니다.

저도 이런 제가 슬픕니다. 하지만 어쩌겠습니까. 전 남자고, 목숨의 위협이 있을 때도, 랑이가 위험에 빠졌을 때도 가슴에서 신경을 끌 수 없었던 놈인데.

"후훗, 정말 전하께서는 가슴을 좋아하시는군요?"

하지만 이렇게까지 놀림을 받으면 아무리 나라고 해도 고개를 흔들어 정신을 찾을 수밖에 없다.

"어쩔 수 없잖아."

"그거 아시나요, 전하?"

"뭘."

"가슴에 집착하는 것은 어린 시절 모성에 굶주렸기 때문이라는 설도 있다는 것을요."

"몰라, 그런 거."

나는 그저 가슴이 좋은 것이다.

거기에 이유 따위는 없다.

아니, 있다 한들 중요하지 않다.

중요한 건 내가 가슴을 좋아한다는 것, 그것 하나뿐이다.

"……전하? 아무리 전하께서 전하이시고 제가 미천한 몸이라 하더라도 저 또한 여자의 몸. 그러한 시선은 조금 두렵습니다."

가희가 나를 부르는 소리에 나는 상념에서 벗어났다. 정확히 말하면, 가희의 가슴을 욕망을 솔직하게 드러낸 채 뚫어지게 바라보고 있는 것에서 벗어났다고 할 수 있겠지.

"……미안."

나는 솔직하게 사과하고 새파란 하늘로 시선을 돌렸다.

새하얀 구름이 둥둥 떠 있는 푸른 하늘을 바라보니 시꺼먼 욕망에 물들어 있던 내 마음도 조금은 깨끗해지는 느낌이군.

"그건 그렇고 미천하다느니, 그런 말은 이제 그만하면 안 되냐?"

세희 말대로, 시대가 시대인데 말이야.

"어머, 어머. 전 사실만을 말씀드릴 뿐이랍니다."

하지만 가희는 거짓 웃음으로 내 부탁을 거절했다.

"그러니 부담 가지지 마시고 저를 통해 육체의 쾌락을 배워보시는 것 어떤가요, 전하?"

사실 방심하고 있었다. 옆에 냥이가 있는데도 은근슬쩍 내게 달라붙을 줄은 몰랐거든.

나는 팔뚝에 닿은 차가우면서도 말랑말랑한 감촉, 그리고 가희에 대한 심리적인 압박감에 비명을 지르고 말았다.

"우와아앗!!"

가희에게 빨리 떨어지라고 말하려는 순간.

"시끄럽느니라!"

냥이의 신경이 곤두선 목소리가 내 입을 막았다.

"네놈들 때문에 입질이 안 오지 않느냐?!"

꼬리까지 바짝 선 걸 보니 정말 짜증이 났나 보네. 이럴 때는 괜히 냥이의 성질을 건드려 봤자 좋은 일이 없을 테니 조용히 꼬리를 내리자.

"미안."

그러면서 슬쩍 가희를 밀어내고.

"쯧."

냥이가 혀를 차고는 곰방대를 입에 물며 말했다.

"요즘 것들은 낚시터에서의 예의도 모르느니라."

……어딜 봐도 가장 어려 보이는 네가 그런 말을 하니까 설득력이 없구나.

"이야기를 할 거면 조용히 하거나, 저 멀리 가서 하거라. 고기들이 도망가지 않느냐."

그래도 평소와 달리 이쪽을 향해 눈길 한 번 주지 않는 것을 보아하니, 낚시에 집중하고 있는 건 알 것 같다.

음.

나는 일단 내 비명 소리에 신경이 날카로워진 냥이 대신 가희에게 말을 걸었다.

"재밌냐?"

"꽤나 재미있답니다?"

"뭐가?"

“가만히 지켜보시면 전하께서도 알게 되실 거예요.”

나는 가만히 지켜보기로 했다.

그렇게 시간을 낭비하고 나서야 나는 가희의 말을 이해할 수 있었다.

“재밌긴 하네.”

“그렇죠?”

찌가 흔들리면 냥이의 귀가 같이 흔들린다거나, 알고 보니 허탕이자 꼬리가 축 내려간다거나, 이내 축 내려간 꼬리가 바닥을 탁탁하고 두드린다거나.

그런 모습을 보는 게 꽤 재미있었다.

하지만 말이야.

사실 나는 가희에게 냥이를 계속 바라보며 가만히 있는 게 재미있느냐에 대해 물은 게 아니라, 낚시가 재미있는지에 대해 물어본 거였는데…….

뭐, 상관없나.

나는 관심사를 다른 곳으로 옮겼다.

그 뭐냐, 바위에 걸쳐 있는 통발? 망사통? 낚시에 대해 아는 게 없으니 저걸 뭐라고 하는지 모르겠네.

어쨌든, 잡은 물고기를 집어넣는 그물로 만들어진 통으로 말이다.

나는 가희에게 말했다.

“그건 그렇고 얼마나 잡았는지 봐도 돼?”

가희는 방긋거리는 거짓 미소와 함께 내게 대답했다.

"살림망을 살피는 건 주인의 허락을 받아야 하는 것이랍니다."

저 통의 이름이 살림망이라는 건 둘째 치고 가희의 말을 해석하자면, '나 말고 냥이에게 물어봐라.'가 된다.

나는 가희의 조언을 따라 냥이의 뒤에 슬쩍 다가가서 말을 걸었다.

"얼마나 잡았는지 봐도 되냐?"

"쯧."

냥이는 바로 인상을 찌푸리며 혀를 찼다.

"아니, 왜? 네 말대로 조용히 말했잖아."

냥이가 선글라스 너머로도 보이는 날카로운 눈매로 나를 올려다보며 말했다.

"네놈의 머리에 들어 있는 것은 습한 여름날에 밖에 내다 놓은 지 3일은 지난 두부이기라도 한 것이냐?"

그렇게 상하지는 않았다고 반론하려고 할 때.

"내가 조용히 이야기하라고 한 이유를 생각해 보거라, 이 낚싯대보다 생각이 짧은 녀석아."

아, 그렇군. 내가 저 살림망을 들어 올리면 물고기들이 도망칠 수 있겠구나.

……파도라도 치면 모를까, 냥이가 요술이라도 썼는지 이 부근은 바다가 잠잠하기 그지없으니 말이다.

이래서야 결국 냥이의 낚시를 방해하는 꼴이 될 테니까 확인은 그만두려고 생각했을 때.

"그래도 네놈이 보고 싶으면 봐도 되느니라."

냥이가 그렇게 말을 덧붙였다.
응? 왜 그러지? 이 녀석이 갑자기 나에 대해 어머니의 마음과 같은 상냥함이 솟아난 건 절대 아닐 테고.
혹시나 싶어 고개를 돌려보니 가희가 내 시선에 답을 해 줬다.
"자신이 잡은 물고기를 타인에게 자랑하고 싶은 낚시꾼들의 마음은 만국 공통이랍니다, 전하."
나는 다시 냥이를 바라보았다.
표정은 변하지 않았고 입은 굳게 다물고 있지만 꼬리와 귀가 흔들리는 걸 보니 꽤나 동요하고 있는 것 같다.
"그런 거였어?"
냥이는 대답 대신 뒤로 고개를 돌려 가희를 노려보며 말했다.
"네 녀석은 쓸데없는 소리를 할 거면 미리 가서 밑 준비나 하고 있거라!"
목소리에 아까와 같은 짜증은 온데간데없고 그 자리를 대신한 건 부끄러움이었다.
그런데 무슨 밑 준비?
나는 냥이에게 그에 대해 물어보려고 했지만 그보다 먼저 가희가 말했다.
"쓸데없는 소리라니요. 어머, 혹시 전하께 주인님의 솜씨를 자랑하고 싶었던 마음을 들킨 게 부끄러우신가요, 주인님?"
그것도 냥이의 속을 박박 긁는 내용으로.
그럼 나도 살짝 거들까?
"그런 거였어?"

낚싯대를 잡고 있는 냥이의 얇은 팔이 부들부들 떨리는 것과 함께.

"내가 한 말 못 들었느냐?!"

냥이가 가희를 향해 낚싯대를 휘둘렀다.

"우왓!"

문제는 그 사이에 내가 있었다는 거지.

나는 잽싸게 몸을 숙였다.

……냥이의 낚싯대가 내 키를 훌쩍 넘겨서 정확히 가희만을 낚싯바늘로 노렸다는 건 그 다음에 알게 됐지만.

그래도, 인마. 누가 너보고 귀신을 낚는 어부가 되라고 한 것도 아닌데, 위험하잖아.

물론 가희도 보통 녀석이 아니다 보니 냥이의 낚싯바늘에 걸리는 일은 없었다. 냥이의 낚싯바늘은 연기로 변해 사라진 가희가 있던 곳을 통과했을 뿐, 아무것도 낚지 못했다.

이럴 때도 만약 저 낚싯바늘이 가희의 수영복에 걸렸다면 어땠을까, 하고 생각하는 내가 참 본능에 솔직한 것 같군.

"……저 망할 것을 다시 교육시킬 때가 슬슬 온 것 같구나."

그런 바보 같은 생각을 하고 있던 나와 달리 냥이는 가희에 대한 처우를 생각하고 있는 것 같다.

그래서 궁금해졌다.

"교육이라니?"

"……네 놈이 신경 쓸 일은 아니니라."

눈에서 빔이 나가는 건 호랑이 요괴들의 특징인가.

하지만 나는 굳건하게 버텼다.

"궁금하잖아."

냥이가 낚싯대를 추슬러 낚싯바늘을 만지작거리며 말했다.

"그러고 보니 큰 놈을 낚을 미끼가 필요한데 네놈이 도와줄 생각은 없느냐? 그렇다면 내, 네 놈에게 큰 은혜를 입었다 생각하며 평생을 살아가겠느니라."

"……물고기 밥이나 되라는 소리를 참 신기하게도 하는구나, 넌."

"흥."

냥이가 콧소리를 내고서는 옆에 놓인 작은 박스에서 지렁이를 꺼내 낚싯바늘에 한 치의 주저 없이 꿰고서는 낚시를 시작했다.

그 교육이 뭔지에 대해서 알려 줄 생각이 없다는 건 알겠군. 거기다 다시 낚시를 시작했으니 지금까지 낚은 물고기를 보자고 하기도 묘하게 됐다.

……슬슬 자리를 뜰까.

내가 낚시의 재미를 아는 것도 아니고 여기 있어봤자 방해나 될 것 같으니까.

"그럼……."

그때.

"으냣?!"

랑이가 입에 달고 사는, 하지만 냥이에게서는 좀처럼 들을 수 없는 소리가 내 귀에 들렸다.

"왜 그래?"

냥이가 의자에서 벌떡 일어나 두 손으로 낚싯대를 꽉 잡으며 외쳤다.

"큰 놈이니라!"

"잡혔어?"

냥이는 말할 시간도 아깝다는 듯 부러질 듯이 휘어진 낚싯대를 기울이고 당기며, 릴을 풀었다 조였다 하면서 물고기와 씨름을 시작했다.

해면 아래를 바라보는 냥이의 눈빛이 초롱초롱하면서도 진지한 것이, 어린아이 같으면서도 어른 같이 보인다.

"으으으!!"

걸린 물고기가 얼마나 힘이 강한지, 냥이의 이마에 송골송골 땀이 맺혀 간다.

이거, 가만히 구경하고 있자니 마음이 불편하네.

"내가 도와줄 거 있냐?"

"말 걸지 말거라!!"

……바로 면박당했다.

그래서 조용히 있기로 했습니다. 저도 얼마나 큰 게 걸렸는지 궁금하니까요.

냥이가 거친 숨을 내쉴 때쯤.

"이제 보이느니라!"

냥이의 이야기에 나는 고개를 내밀어 물가를 바라보았다.

그곳에는 낚싯바늘에 걸린 채 거품을 일어날 정도로 몸부림을 치며 살기 위해 저항하는…….

상어가 있었다.

나는 식겁해서 뒤로 물러나며 외쳤다.

"야, 야, 야!! 저거 상어잖아!"

"뭘 그리 호들갑이느냐?! 네놈은 상어 처음 보느냐?!"

"이렇게 가까이서 보는 건 처음이야!"

지금까지 가장 가깝게 봤던 경우도 랑이랑 아야랑 같이 갔던 수족관이었다고!

"아니, 그전에 어떻게 견디는 거야?!"

너무 놀라서 낚싯대라는 말이 생략됐지만 냥이는 알아들은 눈치다.

"흥!"

냥이는 손을 멈추지 않으면서도 가슴을 펴며 자랑스러운 기색이 가득 담긴 목소리로 말했다.

"견디지 못한다면 그게 이상한 것이니라! 이 낚싯대는 흰둥이의 털과 손톱으로 만든 최고급품이니 말이다!"

"너는 고래라도 낚을 생각이냐!!"

"내 힘만 된다면 고래라고 낚지 못할 이유가 없느니라!"

"낚지 마!"

고래를 잡는 건 법으로 금지되어 있다고!

"이제 거의 다 왔느니라!"

뭐가? 설마 날카로운 이빨을 자랑하는 상어가 여기로 올라오는 게 멀지 않았다는 뜻은 아니겠지?

너는 몰라도, 나는 반인반선이라 하더라도 평범한 인간과 다를 게 없어서 상어에게 물리면 아픈 정도로 안 끝나거든?

안 되겠다. 일단 도망치자.

그렇게 내 자신의 안전뿐만 아니라 가족의 화목과 인간과 요괴가 화합하며 살 수 있는 미래를 위해 슬금슬금 뒷걸음질하며 자리를 피하려고 했을 때.

"흡!"

냥이의 짧은 기합성과 함께.

"월척이로구나!"

상어가 하늘을 날았다.

그대로 물에서 살아야 하는 운명과 중력의 주박, 그리고 자신을 속박하는 낚싯바늘에서 벗어나 푸른 하늘을 헤엄쳐 주었으면 정말 좋겠건만…….

상어는 정확히 나를 향해 떨어지고 있다.

낚싯바늘에 꿰인 입을 커다랗게 벌려 자신의 건강하고 날카로운 이빨을 자랑하면서.

"우와아아앗!!"

뒤로 돌아 도망칠 시간조차 아까워 뒷걸음질 치던 나는, 아이코. 다리가 꼬여 엉덩방아를 찧고 말았다. 그리고.

"……한심한 것."

정확히 내 쪽을 향해 떨어지던 상어를, 냥이가 부적을 엮어 만든 뜰채로 받아 냈다.

즉, 나만 우스운 꼴이 되었다는 거지.

"요괴의 왕이라는 놈이 고작 물고기 따위에게 겁을 먹어서야 어디에 쓰겠느냐."

야, 상어는 고작 물고기가 아니야.

그렇게 쏘아 주고 싶었지만 지금 내가 워낙 꼴사나운 꼴이라 일어나는 게 먼저다.

"그래, 이제 걸음마는 떼었느냐?"

나는 얼굴이 화끈거리는 걸 느끼며 말했다.

"내가 겁이 많은 게 아니라 네가 비정상인 거라고!"

누구든 자기 키만 한 상어가 하늘을 날아 자신을 향해 오면 식겁해서 도망칠 테니까.

"참으로 어이없는 놈이로구나."

하지만 냥이는 한숨을 쉬었다.

"뭐가."

"이깟 물고기보다 더 위험한 것들에게도 떳떳하게 맞서던 것이 네놈 아니었느냐?"

나는 아야에게 배운 좋은 말을 쓰기로 했다.

"그건 그거, 이건 이거."

거기다 그 녀석들은 일단 대화라도 할 수 있었지만, 상어는 말이 안 통하잖아.

그런 생각을 하는 나를 한심하게 바라보던 냥이가 이내 어깨를 으쓱거리며 말했다.

"하긴 내게는 상관없는 일이로구나."

아니, 상관있거든? 지금 상어를 낚은 게 너거든? 뜰채 안에서 펄떡펄떡 뛰고 있는 저 상어는 네 작품이거든?

"그보다 네놈이 할 일이 있느니라."

……설마 저 상어를 살림통에 넣는 걸 도와 달라는 건 아니겠지? 아니면 낚싯바늘을 빼도록 입을 벌리는 걸 도와 달라거나?

그런 끔찍한 가능성을 염두에 두며 나는 냥이에게 말했다.

"……뭔데?"

"……왜 그렇게 죽을상이느냐?"

그런 내 태도가 마음에 안 들었는지 냥이가 인상을 찌푸렸다. 하지만 나도 지금은 할 말이 있다.

"아마 그 상어하고 관계가 있을 것 같아서 그렇다."

지금도 허공에 둥둥 떠 있는 뜰채 안에서 펄쩍펄쩍 뛰며 물을 튀기고 있는 상어하고 말이야.

냥이가 시선을 올려 상어를 바라보고는 입가를 슬쩍 올렸다.

"맞는 말이니라."

도망칠까.

그런 생각을 하고 있을 때 나를 향해 녹색의 뭔가가 날아왔다. 나는 반사적으로 손을 뻗어서 그걸 받아냈다.

뭐야, 이건. 일회용 사진기?

진짜 오랜만에 보네. 요즘에는 다들 휴대폰으로 사진을 찍으니까.

살짝 추억에 잠기려고 했던 나를 현실로 끌고 나온 건 냥이의 살짝 들뜬 목소리였다.

"쓰는 법은 알고 있느냐?"

"모르겠냐."

어렸을 때, 나래가 유치원에 가져와서 필름이 동날 때까지 내 사진을 찍었던 일회용 사진기를 분해한 적이 있어서 그 정도는 알고 있다.

톱니바퀴 같은 걸 돌리고 버튼을 누르면 되는 거잖아?

"그럼 찍거라."

……뭘?

그렇게 물어보려던 나는 입을 다물었다.

냥이가 그 작은 몸으로 상어 주둥이를 한 손에 번쩍 든 채 이쪽을 향해 정말 멋진 미소를 짓고 있었기 때문이다.

그 모습을 보니 정말 많은 생각이 들었다.

냥이는 랑이의 쌍둥이 언니가 확실하다는 것과, 저리 환하게 웃으니 인상이 확 변해서 정말 어린아이 같이 느껴진다는 것, 월척을 낚은 게 그렇게 기분 좋은 일이냐, 라든가.

하지만 그 중에서 가장 마지막에, 그리고 내 가슴 속에 가장 오래 남은 생각은 이거였다.

언젠가 냥이가 나를 향해 저런 미소를 보여 줄 때가 왔으면 좋겠다는 마음.

랑이의 하나뿐이 피붙이인 데다가 나한테도 언젠가 처형이 될 녀석이니까.

그런 생각에 살짝 멍하니 냥이를 바라보고 있자니.

“뭘 멍하니 있는 것이느냐?”

냥이의 표정에 미소가 사라지고 짜증이 그 자리를 대신했다.

“아, 미안.”

사진 찍는 걸 깜빡했네.

서둘러 톱니바퀴를 돌리고 있자니 냥이가 툴툴대는 소리가 귓가에 들려왔다.

“네놈은 그런 간단한 일도 제대로 못하는 것이느냐?”

“그게 아니라…….”

“그래. 어디 한 번 어린애도 할 수 있는 일도 제대로 못하고 시간을 낭비한 이유라도 들어 보자꾸나.”

……이놈 봐라?

사진 찍어 달라고 부탁한 녀석이 뭐가 저렇게 잘났다고 기세등등해?

그래도 네 미소에 살짝 넋이 나갔다는 말로 냥이의 기세를 꺾기에는 나도 자존심이 있다.

“네 미소에 살짝 넋이 나갔다.”

하지만 난 목적을 위해서라면 자존심 따윈 얼마든지 버릴 수 있는 사람이다.

그리고 그럴 만한 가치가 있었다.

"이, 이 망할 놈이 갑자기 무슨 소리이느냐?!"

냥이가 볼이 새빨개져서는 소리를 빽 질렀으니까. 꼬리도 바짝 서 있고 몸을 앞으로 살짝 숙인 채 주먹까지 꽉 쥔 걸 보니, 나한테 무방비한 모습을 보인 게 생각해 보니 꽤 부끄러웠나 보다.

찰칵.

그리고 나는 그 모습을 사진으로 남겼다.

"……."

"……."

순간 찾아온 정적.

나는 그 정적을 깨기 위해 엄지를 추켜올리며 말했다.

"훗. 내 인생 최대의 작품을 찍어 버렸군."

냥이가 폭발했다.

"네, 네, 네 이노오오옴!"

음.

도망치자.

나는 상어의 꼬리를 몽둥이처럼 잡은 냥이에게 사진기를 냅다 던졌다.

"읏?"

갑자기 날아온 사진기에 냥이가 손을 뻗는 것과 동시에.

나는 잽싸게 도망쳤다.

"우하하하핫!!"

냥이에게 한 방 먹였다는 사실에 터져 나오는 웃음을 숨기지 않으면서.

"이, 이 망할 놈이이이이!!"

뒤에서 들려오는 냥이의 분노에 찬 고함 소리는 들리지 않는다.

응, 들리지 않아.

결국 나중에 만나게 될 거라는 건 생각하지 않을 거고.

나는 지금 이 순간만을 살아갈 뿐이니까!

하하하하하하!

* * *

숨이 목까지 차오를 때까지 열심히 도망친 결과.

나는 냥이가 있던 바위에서 멀리 도망쳐 올 수 있었다. 냥이가 마음만 먹었다면 나를 쫓아오는 건 일도 아니었겠지만, 낚시 장비가 신경이 쓰였는지, 아니면 잡은 상어의 뒤처리 때문인지 무사할 수 있었다.

……뭐, 나중에 만나면 곰방대로 머리 한 대 맞겠지만.

그건 그렇고 여긴 또 어딘지 모르겠네. 일단 해변을 따라 걷다 보면 원래 있던 곳에 갈 수 있겠지.

다색의 조개껍질에 예쁜 조약돌이 오밀조밀한 새하얀 백사장을 따라 걷고 있자니, 나보다 먼저 온 사람의 흔적이 보였다.

어른의 발자국과 아이의 발자국.

나는 고개를 들어 저 멀리를 바라봤다. 조금 멀리 성의 누나와 성린이 손을 잡고 걸어가는 모습이 보인다. 둘이서 해변을 산책하고 있나 보네.

따라가 보자.

성린의 보폭 때문인지, 아니면 느긋이 풍경을 즐기고 싶어서였는지 나는 금세 성의 누나와 성린을 따라잡을 수 있었다.

아니, 내가 뒤따라오고 있다는 걸 눈치챈 성의 누나와 성린이 걸음을 멈춘 채 나를 기다려 주고 있었기 때문이겠지.

"성훈이군요."

"아빠다."

포근한 미소를 짓고 나를 맞이해 준 성의 누나는 밀짚모자에 새하얀 원피스 수영복을, 손을 들어 나를 가리킨 성린은 프릴이 잔뜩 달린 어린아이용 수영복을 입고 있었다.

우리 집 아이들 중에서 가장 어리기 때문일까, 성린이 입은 수영복은 정말 잘 어울렸다. 말 그대로 어린아이를 위해 만들어진 수영복이니까.

그에 비해 성의 누나는…….

뭐라고 할까.

뒤에서 후광 같은 게 비치고 있다. 여신께서 친히 이 땅에 강림하셨는데, 어째서인지 수영복을 입고 계시는 것 같다고.

지금 당장 성의 누나 앞에 엎드려 경배해야 하는 거 아닐까?

"엄마."

그리고 이곳에는 성린이 있었다.

"왜 그런가요, 성린."

"아빠가 엄마한테 경…… 경…… 경범죄를 저지르고 싶대."

야! 경배가 어떻게 경범죄가 되는데? 내 생각 제대로 읽은 거 맞아? 그렇게 아빠를 범죄자로 만들고 싶니? 이미 경범죄에 가까운 짓을 많이 한 것 같긴 하지만, 아직 법을 어긴 적은 없다고.

"경범죄가 뭔가요, 성린?"

"나쁜 짓이야, 엄마."

"……그런가요?"

성의 누나가 나를 향해 슬픈 표정을 지으며 말했다.

"성훈은 저에게 나쁜 짓을 하고 싶은 건가요?"

예! 하고 싶습니다!

성의 누나가 생각하는 나쁜 짓과 내가 생각하는 나쁜 짓은 다르겠지만.

……성의 누나의 모습이 너무나 애틋하여 내 안에 있는 정복욕을 깨워 버렸구나.

그렇게 나는 이 자리에 성린이 있다는 걸 두 번이나 까먹고 말았다.

"그렇대, 엄마."

내 마음을 읽은 성린이 살짝 겁에 질려서는 성의 누나의 뒤로 숨었다. 성의 누나는 어딘가 씁쓸한 표정을 지은 채 성린의 머리를 쓰다듬어 주며 말했다.

"괜찮아요, 성린. 성훈이 성린에게 나쁜 짓을 하고 싶다는 건 아니잖아요? 그리고 생각은 누구나 할 수 있는 거니까요."

성린뿐만이 아니라 성의 누나한테도 나쁜 짓을 할 생각 따위 없습니다.

정말이에요. 정말 조금도, 요만큼도 없다니까요?

……그런데, 성린아. 왜 지금은 내 마음을 읽어서 성의 누나한테 이야기 안 해 주는 거니? 왜 고개를 돌린 채 조용히 있는 거야? 내 생각을 읽는 게 무서워져서 그런 거야? 그래도 조금만 더 힘내 주지 않겠니?

"하지만 성훈이 바란다면 저에게 나쁜 짓을 해도 괜찮아요. 전 괜찮으니까요."

이래서야 성의 누나가 저런 말도 안 되는 오해를 계속하니까!

생각만으로 달라지는 것은 없기에 나는 급히 오해를 풀기 위해 입을 열었다.

"그런데 궁금하네요. 성훈은 저에게 어떤 나쁜 짓을 하고 싶은가요?"

사람이라는 건 참 신기한 생물이다.

조금 전까지만 해도 오해를 풀고 싶다는 생각만 가득하던 내 머릿속에, 성의 누나의 말 한마디가 주입되자 정말 여러 가지 생각이 떠올랐으니까.

이렇게 나는 세 번째 실수를 저질렀다.

"엄……."

하지만.

"자, 잠깐!!"

이번에는 성린이 나를 나락으로 끌어내리고 성의 누나의 볼에 홍조가 들게 만들기 전에 간신히 모녀 사이의 대화를 막을 수 있었다.

나는 먼저 눈을 동그랗게 뜨고 나를 올려다보는 성린에게 말했다.

"성린아, 지금 아빠가 했던 생각은 그 뭐냐…… 연상, 그래. 성의 누나의 말에 연상된 것뿐이지, 정말 그런 걸 하고 싶다는 건 아니었어."

성린이 나를 빤히 바라보다 입을 열었다.

"아빠, 거짓말하고 있어."

뜨끔.

"거짓말은 나쁜 거예요, 성훈. 사실대로 말해 주세요. 저는 성훈의 모든 것을 받아 줄 수 있으니까요."

뜨끔뜨끔.

이런 게 심해지면 신경성 위염이 되는 거겠지.

나는 자애로운, 하지만 슬픈 감정이 녹아 있는 눈빛으로 날 바라보고 있는 성의 누나와 진실을 밝히겠다는 각오로 가득 찬 시선을 이쪽으로 향하고 있는 성린에게 말했다.

"……사실 있습니다만, 아니, 그 뭐랄까, 누나한테 나쁜 짓을 하고 싶습니다만."

가슴을 펴는 성린과 달리 성의 누나는 가슴팍에 주먹을 쥐었다.

그렇게 슬퍼하지 말아 주실래요, 누나? 이건 남자라면 누구나 가지고 있는 마음이니까.

"하지만, 그 뭐냐, 오해예요. 오해입니다. 제가 생각한 나쁜 짓과 성린이 생각한 나쁜 짓은 지구와 견우성의 사이만큼 멀고 먼 차이가 있으니까 그렇게 슬퍼하지 말아 주세요."

슬퍼하는 성의 누나의 오해를 풀기 위해 사실대로 말한 건 잘했다고 생각한다. 하지만 어떻게 보면 거기까지가 내 한계라는 이야기가 된다.

"차이요?"

"무슨 차이가 있는데, 아빠?"

어찌 보면 우리 집에서 가장 상황 판단이 느리고 자기 갈 길만 가는 가족이 성의 누나와 성린이라는 걸 깜빡했으니까.

"……꼭 말해야 하나요?"

성의 누나와 성린이 동시에 고개를 끄덕였다. 성의 누나는 조심스럽지만 확실하게, 성린은 힘차게 몇 번이나 끄덕였다는 게 달랐지만.

으…… 여기서 말을 돌리면 분명 오해가 오해를 부르게 되겠지.

그래. 각오를 다지자.

나는 수치심을 마음 한구석에 가두고서 사실대로 말했다.

"그…… 그게 말이죠."

포용력 넘치는 성의 누나의 시선과 호기심에 가득 찬 성린의 시선을 한 몸에 받으며 말하는 건 상당히 힘들었지만.

"제가 말한 나쁜 짓이라는 건…… 그, 뭐라고 할까, 야한 짓 있죠? 뭐라고 할까, 성적인 일을 말하는 거였어요. 그러니까, 그, 일부에서는 제 나이에 성적인 일을 하는 걸 나쁜 짓이라고 여기는 풍토라고 할까, 그런 인식 같은 게 생기도록 가르친다고 할까, 아니, 물론 그 말도 맞는 게, 여러 가지 준비라든가 조건이 맞지 않는다거나 책임질 수 없는 일이 생기면 그런 일을 하는 게 서로의 인생에 결국 씻을 수 없는 상처를 남기게 되기 때문이라고 생각하지만, 일단 그 행위 자체가 나쁘지는 않다고 전 생각하면서도 그런 교육을 받아서 나쁜 짓이라고 말했던 거고…… 지금 제가 도대체 무슨 소리를 하는지 모르겠네요."

안 봐도 알 수 있다.

지금 내 얼굴은 성의 누나보다 새빨개져 있을 거다.

다만 한 명. 이곳에는 성의 누나보다도 직설적이며 분위기를 신경 안 쓰는 아이가 있었다.

"그러니까 아빠는 엄마하고 성행위를 하고 싶었다는 걸 나쁜 짓을 하고 싶다고 돌려서 생각한 거였어?"

"으아아아아아."

나는 결국 수치심을 이기지 못하고 그 자리에 주저앉아서 두 손으로 얼굴을 가렸다.

"그렇게 부끄러워할 일은 아니라고 생각해요."

그런 내게 어린아이를 달래는 것 같이 상냥한 음색의 성의 누나의 목소리가 들려왔다.

"……저 또한 그런 마음을 가지고 있으니까요."

수줍어서 작아진 목소리까지 말이야.

"그런데 아빠."

그런 내 귀가 성린의 목소리를 못 들을 리가 없다.

"아빠하고 엄마는 아빠하고 엄마잖아? 그런데 왜 성행위가 나쁜 일이 되는 거야?"

저는 지금 울고 싶습니다.

"그건 아직 성훈이 마음의 준비가 안 됐기 때문이에요."

성의 누나의 상냥함 때문에 더욱 울고 싶어졌다.

"왜? 왜 준비가 안 됐어?"

"성훈은 모두와 행복한 가정을 이루고 싶어 하니까요."

"지구가 준 지식을 찾아봐도 잘 모르겠어, 엄마. 난 아빠가 너무 신경 쓰는 게 많은 것 같아."

"그렇게 생각하면 안 돼요."

"왜?"

"성훈의 마음을 이해해 줘야 하니까요."

"왜?"

"성훈은 성훈이니까요."

"그게 무슨 뜻이야?"

"성훈은 유일하고……."

단어가 생각이 나지 않는 눈치인 성의 누나에게 성린이 말했다.

"특별?"

"그래요, 특별. 성훈은 특별하니까요."

"……음."

성린은 이해를 하기 힘든 눈치였다.

성린이 나를 둘러 싼 상황을 이해하기에는 아직 어린……게 아니라, 내 상황이 조금 특이하기 때문이겠지.

얼굴을 가리고 주저앉아서 그런 생각을 하고 있는 내 팔의 윗부분을 성린이 작은 손으로 툭툭 때렸다.

"이해할 수 있는걸."

……이해 못 해 줬으면 좋겠는데.

그보다 언제까지 현실에서 도망칠 수는 없는 법이라, 나는 다시 일어났다.

수줍음에 볼을 새빨갛게 물들이고 있는 성의 누나를 바라보기 힘들어 나는 시선을 돌렸다.

아니, 지금 시선만 돌릴 게 아니지.

화제, 화제를 돌리자!

"그, 그보다 성의 누나."

나는 조심스럽게, 하지만 확실하게 나를 바라보는 성의 누나에게 말했다.

"바다까지 왔는데 같이 물놀이하죠!"

이 얼마나 자연스러운 화제 전환이란 말인가!

그렇게 생각한 나와 달리, 성의 누나와 성린은 푸른 녹음 같은 눈동자로 나를 빤히 바라보기만 할 뿐이었다.

마음속에서 불안감이 급습하고 두 명의 침묵에 식은땀이 흐르려고 할 때.

성의 누나가 말했다.

"왜 바다에 들어가야 하는 건가요?"

……글쎄요.

"응. 왜 들어가?"

……그러게.

인간은 어째서 물놀이를 하는가. 그런 철학적인 질문에 대답하기에는 내가 너무나 생각이 짧다. 그런 것에 대해 고민해 본 적도 없고 말이야.

그렇다면 내가 할 수 있는 건 단 하나뿐.

직접 몸으로 깨닫게 만들어 주는 수밖에.

"그건 해 보면 알 거예요."

고개를 갸웃거리는 성의 누나와 커다란 두 눈을 깜빡이는 성린을 보고 있자니 내가 뭔가 이상한 말을 한 것 같은 착각까지 드는군.

하지만 나는 성의 누나와 성린에게 물놀이를 하는 이유를 논리적으로 설명하는 것보다 조금 억지를 부리는 쪽이 낫다고 결론지었다.

설명할 자신이 없거든.

나는 한발 먼저 물속으로 들어가서 성의 누나와 성린을 향해 손을 뻗으며 말했다.

"일단 한번 들어와 봐요."

뭔가 물귀신 같군.

파도가 발목을 두 번 정도 찾아왔을 쯤. 서로를 바라보던 성의 누나와 성린이 고개를 끄덕이고서는…….

수영복을 벗기 시작했다.

"엣?"

갑자기 일어난 일이라 말릴 생각도 들지 않았다. 그저 나는 갑작스러운 모녀의 탈의를 멍하니 바라보게 되었다…… 가 아니라.

"가, 갑자기 옷은 왜 벗는데요?!"

어느새 알몸이 되어 수영복을 잘 정돈해서 파도가 닿지 않는 곳에 놓은 성의 누나가 살짝 얼굴을 붉히며, 하지만 그저 두 손을 앞으로 모은 채 내게 말했다.

"지구의 아이들이 만들어 준 옷을 험하게 다룰 수는 없잖아요?"

견우성에 있었을 때가 떠오르는 말이었다.

하지만 성의 누나.

"수영복은 물놀이를 할 때 입으라고 만든 옷이니까 입고 있어도 괜찮아요."

그러니까 빨리 그 아름다운 예술 작품 같은 나신을 가려 주시는 것으로 제게 평온과 안식을 선사해 주시죠, 같은 말이 나오기 전.

"이상해, 아빠."

성린이 당당히, 이 녀석 또한 벌거벗은 채로 당당히 말했다.

"옷을 다 벗고 수영하는 곳도 있잖아."

누드 비치 말이지.

"그런데 왜 괜찮다는 거야?"

나는 재빨리 머리를 굴렸다.

하지만 조금 늦었다.

"그런가요?"

성의 누나가 성린의 말에 홀딱 넘어가 버린 것 같으니까.

"그렇다면 저는 지금의 모습으로 물놀이…… 그래요. 물놀이를 하겠어요."

그건 아니 되옵니다아아아아!

도대체 시선을 어디에 두라는 겁니까, 누나! 부끄러워서 죽을 것 같다고요!

"엄마."

그리고 이럴 때만 성린은 마치 노린 것처럼 내 생각을 성의 누나에게 이야기하곤 한다.

"그러면 아빠가 부끄럽대."

"……그런가요?"

한 가지 단어가 떠오른다.

부관참시라고. 옛날의 형벌 중에서 이미 죽은 사람의 시체를 무덤에서 꺼내 목을 치는 거였나? 내가 지금 성린에게 부관참시를 당한 기분이다.

내 생각을 또 읽었는지 뿌우~ 하고 볼을 부풀렸지만, 지금은 성의 누나의 반응이 더 신경 쓰인다.

왜인지 모르게 슬퍼 보이거든.

"왜 그래요, 누나?"

성의 누나가 슬픔에 젖은 눈망울로 나를 바라보며 말했다.

"성훈은 제가 부끄러운가요?"

"……."

성의 누나의 오해를 푸는 게 먼저겠지만, 나는 그 전에 시선을 돌려 성린을 바라보았다.

지금 이 기회에 미래를 위해서라도 확실하게 말해 둘 게 있거든.

"왜?"

지금만은 성린의 '왜' 지옥도 두렵지 않군.

"성린아."

"응."

"말을 할 때는 주어를 확실하게 말해야 돼."

주어와 서술어라고 말하려고 했지만, 그 자리에 들어가야 하는 말이 서술어인지 목적어인지를 확실하지 않아서 넘어가기로 했다.

"왜?"

"그래야 지금처럼 성의 누나가 성린의 말을 오해해서 슬퍼하는 일이 없어지니까."

"……응."

이번에는 제대로 납득시킨 것 같다.

"제가 오해를 했나요?"

이제는 성의 누나에게 사실을 알려 줘야겠지.

조금 부끄럽지만, 성의 누나가 말도 안 되는 오해를 해서 슬퍼하는 것보다는 나으니까.

"예."

나는 말했다.

"성의 누나가 부끄러운 게 아니라, 성의 누나의 알몸…… 을 보는 제가 부끄럽다는 이야기였어요. 그, 뭐냐. 좋아하는 사람의 알몸을 본다는 건 꽤나 마음이 두근거리는 일이니까요."

겨우겨우 할 말을 끝내자, 성의 누나의 등 뒤로 꽃이 피었다. 성의 누나의 표정이 밝아졌다는 비유가 아니라, 진짜로.

세상에, 바닷물을 흠뻑 머금은 모래에서 꽃이 필 줄은 상상도 못했는데.

"그래요. 이해했어요, 성훈."

어, 그래요. 그거 다행이군요. 그러면 이제 좀 옷을 입어 주시면 안 될까요? 숨결이 닿을 정도로 가까이 다가와서 제 손을 덥석 잡고서 부드럽고 따듯한 가슴에 대는 것보다 말이죠.

"그러면 지금 제 가슴이 터질 것 같은 것도 성훈을 보고 있기 때문이죠?"

두근두근 뛰는 성의 누나의 심장소리가 피부와 피부를 통해 내게 전해졌다.

뭐랄까, 이거.

상당히 부끄럽다.

그래도 이 시간이 조금이나마 계속되었으면 좋겠다는 생각이 들었다.

"아니야, 엄마."

성린이 끼어들었지만.

"그건 심장 박동이 빨라져서 그래."

성린의 말에.

나와 성의 누나는 웃음을 터트리고 말았다.

"응? 왜 그래?"

어리둥절해하는 성린에게 그 이유를 설명해 준 건 조금 나중의 일이었다.

＊ ＊ ＊

수영복을 다시 입은 성의 누나와 성린과 함께 즐거운 시간을 보낸 뒤.

배가 고파진 나는 아이들이 모인 곳으로 향했다.

아이들은 실컷 놀아서 잠시 쉬는 시간을 가지고 있는지, 파라솔 아래에 옹기종기 모여서 이야기를 하고 있었다.

"성훈이 냄새이니라!"

그리고 내 등 뒤에서 그쪽을 향해 불고 있는 바람 때문인지 랑이가 번쩍 일어나서 이쪽을 향해 고개를 돌렸다.

내가 손을 드는 것과 랑이가 바람과 같이 달려와서 안겨 드는 건 거의 동시였다.

"어이쿠."

이 녀석아. 그렇게 빨리 달려오면 받아 주는 나도 힘이 든다고.

"어딜 가서 뭘 하고 있었느냐?"

"잠깐 산책 갔다 왔어."

도중에 이런 저런 일이 좀 있긴 했지만, 거짓말은 아니지.

랑이가 내 목에 볼을 비비며 말했다.

"그러면 이제 나와 같이 노는 것이느냐?"

……넌 기운도 좋다. 난 배도 고프고, 피곤해서 조금 쉬고 싶은데 말이야.

그렇게 생각했을 때.

"안주인님."

어느 샌가 나타난 세희가 랑이에게 말을 걸었다.

"유희를 즐기시는 것도 좋지만 슬슬 점심을 드실 때입니다."

"응? 벌써 그렇게 되었느냐?"

랑이가 고개를 돌리면서 자신의 배에 손을 대고서 문질문질 했다.

"그러고 보니 배가 고픈 것 같으니라!"

나도 어렸을 때는 배가 고픈 것도 잊고 놀았던 때가 있었지. 아니, 배고픈 것을 잊기 위해 애들을 가지고 놀았다고 해야 하나?

뭐, 그런 것보다 중요한 일이 있으니 넘어가자.

"나도 배고파."

"그러하느냐?"

그렇게 말한 랑이가 자기 배로 모자라 내 배까지 문지르기 시작했다.

"응! 성훈이의 배도 쏙 들어갔느니라!"

……자격지심인지 모르겠지만, 그래서야 마치 평소에는 내 배가 많이 나왔다는 것 같잖아.

뭐, 나래하고 비교하면 내 배는 물렁살이나 다름없긴 하지만.

그보다 배 좀 그만 만져라. 네 손이 약손일지는 모르겠지만, 지금 배가 아픈 것도 아니니까.

나는 랑이가 계속 내 배를 문지르는 걸 막기 위해서 영차, 자세를 고쳐 안고서는 세희에게 말했다.

"그래서 점심은 어디서 먹을 거야?"

"저녁에 바비큐 파티를 할 예정이기 때문에 점심은 해변의 명물이라 할 수 있는 야키소바로 준비하려고 했습니다만…… 그보다 먼저 냥이 님께서 솜씨를 부린 관계로 별장으로 가셔야 하겠습니다."

야키소바가 해변의 명물인 건 다른 나라겠지.

우리나라는 보통 컵라면이니까.

그렇게 딴죽을 걸지 않을 수 있었던 건 내 귀를 믿을 수 없는 놀라운 소리를 들었기 때문이다.

"……냥이가? 웬일로?"

집에서는 손가락 까딱 안 하던 녀석이 말이야.

"그 이유는 직접 보시면 주인님께서도 쉽게 알 수 있으실 겁니다."

뭐, 별일은 아닐 테니까 더 물어볼 이유는 없겠지.

그렇게 우리는 별장으로 향했다.

요술 속에서 왔던 별장은 그 구조가 많이 달라져 있었다. 전에 왔을 때는 흔한 가정집 같은 디자인의 평범한 별장이었다면, 지금은 대기업 회장님이 여름휴가 때 잠시 묵을 것 같은 호화로운 곳이 되었다고 할까.

대충 봐도 지리산의 우리 집만큼이나 커진 데다가 수영장도 딸려 있고.

그런데 말이다.

우리 집에 있는 개집보다 두 배는 크고 깨끗한 이불이 깔려 있고 장식이 휘황찬란한, 하지만 그래 봤자 개집인 곳에서 왜 바둑이가 몸을 웅크린 채 자고 있는지 모르겠다.

어느 순간 안 보인다 했더니 거기 있었던 거냐.

"……바둑이는 왜 또 개집에 있는 건데."

세희가 무슨 소리냐는 듯 턱에 손가락을 대며 말했다.

"개가 개집을 찾아 간 것이 그렇게 이상합니까?"

아니, 그렇지는 않은데…… 가 아니라.

"바둑이는 개가 아니라 개의 요괴잖아."

"그렇다한들 자신의 소중한 이들을 지키고자 하는 천성은 버릴 수 없는 것입니다."

나도 모르게 시선이 랑이에게 향했다.

"응? 왜 그러느냐?"

"……아니, 아무것도 아니야."

랑이가 호랑이 요괴처럼 안 보일 때가 자주 있긴 하지만 상황에 따라서 듬직하고 멋있는 모습을 보여 줄 때도 있으니까 말이지.

하지만 나는 그걸 랑이에게 말해 줬어야 했다.

"아우우우, 분명 오라버니는 랑이가 호랑이답지 않다고 생각해서 본 거예요."

치이가 랑이를 살짝 놀렸거든.

치이의 말에 화들짝 놀라서 꼬리를 세운 랑이가 나를 올려다보며 있는 힘껏 항변했다.

"내, 내가 왜 호랑이답지 않느냐?! 보거라! 잘 보거라!"

랑이가 한 손으로는 자신의 귀를, 다른 한 손으로는 자신의 꼬리를 잡고서는 말을 이었다.

"이렇게 훌륭한 꼬리와 귀가 있지 않느냐?! 그야말로 호랑이의 귀감이니라!"

……다른 말로 하면 그것밖에 없다는 이야기겠지만, 넘어가 주자.

"어, 그래. 훌륭하다, 훌륭해."

"으냐아앗?! 지금 대충 넘긴 거 맞느냐? 내 생각이 맞느냐?"

나는 랑이의 발을 동동 굴리는 머리를 쓰다듬어 주면서 슬쩍 치이를 향해 말했다.

"뭐, 그렇게 말한 너도 까치 요괴 같지는 않지만."

내 농담에 치이가 귀 위 머리카락을 파닥이며 말했다.

"꺄우우우?! 무슨 말씀을 하시는 건가요?! 오라버니는 보는 눈이 없는 거예요!"

내가 입을 열려고 할 때.

"성훈아."

나래의 목소리가 들려왔다.

"응?"

"일단 들어가서 이야기하면 안 될까? 나, 들어가서 샤워하고 싶은데. 물에 들어갔더니 조금 찝찝하거든."

그러게요.

왜 별장 앞에서 이러고 있었던 거지?

……바둑이 때문이었다.

"점심 먹을 때는 바둑이도 안으로 데리고 와."

나는 세희에게 그렇게 말하고 앞서서 별장 안으로 들어갔다.

"우와아아……."

별장 안에 들어온 랑이가 입을 벌리며 감탄하는 것도 이해가 된다. 랑이가 아니었다면 내가 그랬을 테니까 말이야.

전의 단란하고 소박한 분위기의 별장은 어디 가고, 무슨 이름 있는 호텔 로비 같은 분위기가 되어 버렸구나.

내 생각을 읽기라도 했는지 슬쩍 다가온 세희가 말했다.

"요괴의 왕께서 머무르시는 별장입니다. 이 정도는 되어야 우습게 보이지 않을 겁니다."

"……그러면 예전에는 왜 그랬는데?"

그때도 요괴의 왕이 있었는데.

"안주인님께서는 허름한 거처에 있으시더라도 왕의 품격이 나오는 분이시기 때문입니다."

나는 아니라는 거지, 이 망할 자식아.

하지만 나는 입을 다물었다. 세희의 말도 일리가 있는 게, 요괴들에게 있어서 왕의 품격이라고 한다면 물리적인 힘의 강함이니까.

나한테 그런 걸 바라는 사람은 아무도 없지만.

"뭐, 그런 건 됐고."

조금 전에 들은 나래의 말을 잊을 정도로 나는 바보가 아니다.

"아무 방이나 쓰면 되는 거야?"

세희가 말했다.

"그거 아십니까, 주인님?"

"네가 그렇게 운을 뗄 때는 이상한 말이 이어진다는 거?"

"별장에서는 밀실 살인 사건이 일어나는 것이 일종의 약속이라는 것을요. 그를 위해서라도 주인님께서는 제가 지정한 방으로 향해 주셔야 합니다."

내 딴죽을 무시하는 건 둘째 치고 참으로 무시무시한 소리를 하는구나.

나는 만의 하나를 방지하기 위해서 지금 못 박아 두기로 했다.

"그런 짓 하지 마라."

"잘 못 들었습니다?"

"이상한 짓 하지 말라고."

"……."

"대답해."

"……라이트노벨 사상 최초로 100만부 판매를 한 전설적인 작품의 오마주로 꽤나 재미있는 탐정놀이를 준비했는데 말이죠."

"내가 알아들을 수 없는 소리 하지 말고, 어쨌든 하지 마. 무조건 하지 마. 알겠냐?"

세희는 내 말을 무시하고 가족들을 향해 말했다.

"그러면 마음에 드는 방에서 짐을 푸시고 몸을 씻으신 뒤, 거실, 다시 말해 이곳에 모여 주시기 바랍니다."

……내가 말을 말아야지.

* * *

다들 일단 뿔뿔이 흩어지고, 내가 고른 방은 예전에 머물렀던 그 방이었다. 나와 같은 방에 가려 했던 랑이는 나래에게 끌려갔다.

세희도 내가 이 방을 고를 줄 알았는지, 내 이등신 그림으로 만든 명패가 달려 있었다.

입을 헤벌쭉 벌리고 음흉한 표정을 짓고 있는 걸 보니 다른 방을 고르고 싶어졌지만…….

뭐랄까.

이상한 짓 하지 말라고 못도 박아 놨고, 이 방에는 소중한 추억도 있으니까 다른 곳을 고르고 싶지 않다. 그 과정은 상당히 폭력적이었지만 중요한 건 결과니까.

몸이 기억하는 아픔에 몸서리친 나는 짐을 정리하는 것으로 신경을 분산시키려 했지만…….

나는 짐이 없지.

지금 입고 있는 수영복조차 세희가 소매에서 꺼내 준 거이기도 하고.

그래도 걱정할 필요는 없다. 생활필수품 같은 건 세희가 준비해 주니까. 장난을 많이 치고 속은 알 수 없지만, 세희에게는 이런 면에서 정말 고맙다고 생각하고 있다.

"……고맙다고 생각은 하지만."

샤워하고 나서 갈아입을 옷을 찾기 위해 서랍장의 첫 번째 칸을 열었을 때 보인 게 오랜만에 본 원통형 뿔이라는 점에서 그 생각을 취소하고 싶어지는군.

다행히 두 번째 칸부터는 평범한 옷이 있었지만.

나는 옷을 갈아입고 거실로 나왔다.

내가 너무 빨리 씻고 나왔는지 거실에는 아무도 없었다.

……대, 대충 씻은 건 아니다? 구석구석까지 깨끗하게 씻었다고? 난 아이들보다 빨리 씻는 편이니까 그런 거야. 머리카락도 짧으니까 감는 것도 쉽고, 말리는 것도 쉽다고.

자기 자신에게 변명을 하며 나는 소파에 앉아서 축 몸을 늘어뜨렸다. 그럴 의도는 없었지만 자연스럽게 엉덩이가 미끄러져 내려가며 목이 소파의 턱에 걸쳐졌다.

이 자세가 은근히 편해서 자연스럽게 눈이 감겼다.

한숨 자고 싶을 정도군.

"……피곤해서 그런가."

아무도 없기에 한 혼잣말이었지만 대답이 돌아왔다.

"그동안 무리를 하셨으니까 말이죠."

나는 눈을 떴다.

머리 위로 아리송한 표정을 짓고 있는 세희의 얼굴이 거꾸로 보였다. 아니, 거꾸로 보이기 때문에 세희의 표정이 아리송해 보이는 걸까.

"누구 때문에 무리했다고 생각하는데?"

"혹시 자업자득이라는 말을 아십니까?"

"자업자득은 무슨 자업자득이야."

나는 자세를 바로 한 뒤 몸을 살짝 틀어 세희를 보았다. 나는 세희의 평소와 같은 무표정에 살짝 안도감을 느끼며 말했다.

"네가 내 신경만 조금 덜 건드렸어도 이렇게 피곤하지는 않았을 거다."

"주인님께서 업무를 보실 때 제가 방해한 적이 있습니까?"

그건 그렇지만.

"그 외에는 셈에 안 들어가는 거냐."

"마치 제가 요즘 들어서 주인님께 일상의 소소한 재미를 드리는 시간이 늘어난 것처럼 말씀하시는군요."

하고 싶은 말은 산더미 같았지만, 나는 세희가 하고 싶어 하는 말을 눈치챘기에 그것들을 뒤로 밀었다. 지금 이야기로 섬에 오고 난 뒤 계속해서 나를 괴롭혔던 한 가지 궁금증이 풀린 것 같거든.

"그러니까 넌, 내가 바캉스를 오기 위해 평소보다 업무를 많이 봐서 지쳐 있다는 말이 하고 싶은 거야?"

세희가 우스꽝스러운 안경을 쓰더니 혼자서 북과 장구를 치며 말했다.

"바로 그러합니다, 주인님."

내가 정답을 맞힌 걸 축하…… 를 빙자한 조롱을 하기 위해서인 것 같지만, 짜증이 나는 것보다 귀가 아프다.

"……시끄러우니까 그만해."

"알겠습니다."

다시 평소와 같은 모습으로 돌아온 세희가 소파를 돌아 내 앞에 섰다.

나는 세희를 정면에서 올려다보며 말했다.

"그래서 여기 도착하자마자 나한테 약을 먹인 거고?"

"그렇게 말씀하시면 마치 주인님께 제가 몹쓸 짓이라도 하려다 실패한 것처럼 들리지 않습니까."

"맞잖아."

"오해라는 단어를 아십니까?"

"넌 양심이라는 단어는 아냐?"

나와 세희는 잠시 서로를 노려보았다. 그리고 이 녀석과의 눈싸움은 별 이유가 없으면 보통 내가 먼저 시선을 돌리는 걸로 끝나지.

"어쨌든 그런 이유로 나를 재우려고 했다?"

"아야 님의 활약으로 실패했지만 말이죠."

"그러면 중간에 포기한 이유는 뭔데?"

이 녀석이 마음만 먹으면 나를 억지로 재우는 것 정도는 일도 아니다. 이 녀석은 충분한 능력을 가지고 있으니까.

하지만 세희는 처음의 실패 이후, 생각을 바꾼 것처럼 행동했다. 내가 아야와 놀 거리를 찾을 때는 바나나 보트를 끌고 오기도 했고.

……비록, 비명을 지르는 거로 끝났지만.

그래서 나는 세희의 의도를 짐작할 수 없었다.

그 의도만큼 속을 알 수 없는 미소를 지으며 세희가 말했다.

"주인님께서 평소보다 무리를 하신 결과, 과로로 쓰러져 내일 일정에 차질이 생기는 것보다 훨씬 더 중한 문제가 생기지 않았습니까?"

섬에서 생긴 문제라면 그것밖에 없지.

"나래하고 아야의 일?"

세희가 다시 소매에서 북과 장구와 안경을 꺼내려고 하기에 나는 인상을 찌푸리며 말했다.

"시끄러우니까 하지 마."

세희가 아쉬워하는 기색을 보이며 말했다.

"이게 보기보다 재미있는데 말이죠."

"대화 예절에 어긋난다고 생각은 안 해?"

"예절이라는 것은 그 상대가 인간일 때 의미 있는 것이지요."

그래. 너나 나나 인간은 아니지.

"말장난은 그만하고 내 생각이 맞는지 확인이나 해 줘."

나는 눈웃음을 짓는 것으로 이야기를 기다리고 있다는 뜻을 전한 세희에게 말했다.

"그러니까 너는 내가 한동안 무리한 게 걱정이 돼서 당사자의 의견도 안 듣고 억지로, 약을 써서, 무자비하게 재우려고 했는데, 나래하고 아야 사이가 살짝 어색해진 것 때문에 그 일이 마무리가 날 때까지는 지켜보기로 했다, 이거지?"

"주인님의 개인적인 원한이 녹아 있는 것을 제외하고는 맞습니다."

개인적인 원한은 무슨 개인적인 원한이야.

내가 거기서 그대로 잠들어서 나래와 랑이와 치이와 페이와 아야와 성의 누나의 수영복 차림을 오늘 못 봤어 봐. 그건 개인적인 원한으로 끝나는 게 아니라 우주적인 원한이 생길 만한 일이다.

하지만 중요한 건 미수로 끝난 과거의 일이 아니라 앞으로 있을 미래의 일이다.

이 녀석, 내가 은근슬쩍 힘 줘서 말한 부분을 부정하지 않았거든.

"그러니까 둘의 사이가 다시 평소대로 돌아오면 내 의사와 상관없이 나를 재울 거라 이거냐?"

하라는 대답은 안 하고 세희가 고개를 갸웃거리며 말을 돌렸다.

"적반하장도 유분수, 실례. 주인님께서는 지금 저를 책망하시는 겁니까?"

"그러면 안 되냐?"

세희가 고개를 저었다.

"아닙니다. 그저 주인님의 반응이 제 예상과는 달라서 놀랐을 뿐이니까요."

조금 궁금해졌다.

"네 생각에는 내가 어떨 것 같았는데?"

"저는 주인님께 이 모든 것을 사실대로 말씀드리면 당연히 제게 엎드려 절하며 감사 인사를 하실 줄 알았습니다."

하도 어이가 없는 소리여서 더 들을 가치도 없어 보였지만, 나는 만의 하나의 가능성을 염두에 두고 세희에게 말했다.

"……왜?"

"주인님의 건강을 생각하는 갸륵한 마음으로, 당신께 미움받을 것도 각오하고서 행동에 나섰으니까 말이죠."

만의 하나는 만의 하나일 뿐이다.

"아이고, 그러세요?"

나는 큰절을 하는 것처럼 두 팔을 번쩍 들어서 아래로 내리는 동시에 허리를 굽히며 사극의 등장인물처럼 말했다.

"성은이 망극하옵니다."

"별말씀을."

세희는 비아냥거림이 통하지 않는 녀석입니다.

나도 더 이상 할 생각은 없지만.

……내게 했던 행동은 둘째 치고, 이 녀석이 나를 걱정해 줬다는 건 사실이니까.

"어떻습니까. 저에 대한 호감도 수치가 조금 올라갔습니까?"
이런 녀석이지만 말이지.
"됐고, 질문에나 대답해 줘."
나래와 아야의 사이가 다시 예전처럼 돌아오면 나를 억지로 재울 것인가.
그에 대한 확실한 대답이 아직이다.
사실 이제 와서 세희의 대답이 내 행동에 영향을 끼치는 일은 없겠지만, 그래도 궁금한 건 궁금한 거다.
그리고 세희가 말했다.
"주인님의 뜻을 존중하여 사실대로 말씀드리자면."
세희는 알쏭달쏭한 미소를 지으며 입을 열었다.
"그럴……."
그때.
"성훈아아아아아아아!!"
내 귀에 착착 달라붙는 목소리와 함께 세희의 뒤편에서 랑이가 우다다닷, 이쪽으로 달려왔다.
아무것도 걸치지 않고.
물에 빠진 호랑이 꼴로.
"야!"
너 지금 나한테 안겨 들 생각이지?! 안 돼! 나도 물에 젖잖아! 일단 수건으로 몸부터 닦고 와!
그런 뜻이 담겨 있는 내 외마디 외침을 무시하며 랑이가 폴짝 뛰어 내게 안겨 들었다.

랑이에게서 나는 향긋한 비누 냄새는 정말 좋지만 옷이 축축하게 젖어 드는 느낌은 그다지 좋지 않다. 나는 요술로 랑이의 몸에 남아 있는 물기를 닦아 달라고 세희에게 말하려다가, 이 녀석이 또 어느 샌가 사라졌다는 것을 깨달았다.

"성훈아! 성훈아!"

……지금은 일단 랑이가 왜 이렇게 흥분했는지 알아보는 게 먼저겠군.

나는 네 발…… 이 아니라, 두 팔과 두 다리로 나를 끌어안고서 고개를 들어 눈물이 글썽글썽 맺힌 호박색 눈동자로 올려보고 있는 랑이에게 말했다.

"왜 그래? 씻다가 무슨 일 있었어?"

랑이가 고개를 끄덕였다.

"페이가! 페이가 말했어!"

말이 아니라 글을 썼겠지만, 일단 넘어가자.

이 녀석이 고풍스러운 말투를 쓰는 것도 잊어버릴 만큼 상당히 충격적인 일일 테니까.

"뭐라고 했는데?"

"내…… 내……."

"내?"

랑이가 두 손으로 자신의 앙증맞은 가슴을 억지로 모으며 외쳤다.

"내 가슴이 조금도 커지지 않았다고 말이야!!"

"……."

내가 뭐라 말하기 상당히 어려운 화제였다.

그보다 예전에도 뭔가 이런 적이 있었던 것 같지만…… 아닌가? 랑이가 자신의 가슴이 작은 것을 마음에 두고서 크고 작은 난리를 피운 적은 많지만, 이런 경우는 처음이었나?

"커졌지? 성훈이가 보기에는 커졌지?"

……지금 중요한 건 그게 아니지.

나는 시선을 내려 무엇으로도 가려지지 않은 랑이의 앙증맞은 가슴을 바라보았다.

음.

'……천지가 개벽해도 그런 일은 없습니다.'

왜 세희가 내게 했던 말이 떠오르는 걸까.

그리고 왜 어른의 모습이 되었을 때도 거의 성장하지 않았던 신체 부위가 떠오르는 것일까.

정녕, 랑이에게 구원은 없는 것인가.

"……."

"……성훈아?"

앗차.

나도 모르게 랑이를 안쓰러운 시선으로 바라본 것 같다. 나는 잽싸게 랑이를 끌어안아 얼굴을 내 가슴에 묻게 만든 뒤, 엉덩이…… 가 아니라 등을 어루만지며 말했다.

"괜찮아, 괜찮아."

"……지금 말을 돌리고 있는 것 같으니라."

예리한 녀석.

그래도 말투가 평소처럼 돌아온 걸 보니까 어느 정도 진정된 것 같네.

"랑이는 지금 어린 모습이잖아? 그러니까 신경 쓸 것 없어."

랑이가 두 손으로 내 어깨를 잡고는 살짝 거리를 벌리고서는 나를 올려다보며 말했다.

"그래서 성훈이가 보기에는 처음 만났을 때보다 조금은 자란 것 같느냐?"

말 돌리는 데 실패했다!

무엇보다 나와 마주한 호박색 눈동자가 대답을 듣겠다는 강한 의지로 불타고 있어서, 어설프게 말을 돌리는 건 의미가 없을 것 같다.

"어, 음……."

이럴 때 믿을 건 내 잔머리밖에 없지!

"그런데 랑이야. 요괴들은 충분한 요력을 가지고 정신적인 성숙이 이루어졌을 때 모습이 변하잖아? 그런데 어린아이의 모습으로 있을 때도 신체가 성장하거나 그래? 거기다 랑이는 지금 영혼이 육을 이룬 상태잖아? 그런데도 성장을 할까?"

"……으냐아?"

랑이가 안 그래도 또랑또랑한 눈동자를 동그랗게 만들며 머리카락으로 물음표를 만들었다.

그래, 생각해 본 적 없겠지. 왜냐면 나도 없거든.

반쯤 굳어진 채로 생각에 잠긴 랑이의 등 뒤로 이쪽으로 오고 있는 사람이 보였다.

"성훈아, 랑이 여기 있…… 네."

나래다.

조금 전까지 랑이와 같이 목욕을 하고 있었는지 머리카락은 촉촉하게 젖어 있었고…….

"급했다는 건 알겠는데, 그래도 옷은 제대로 입고 나와 주면 안 돼?"

랑이를 급히 뒤쫓아 오느라 그랬는지 목욕용 수건만을 두르고 있었다.

랑이와 같은 아이들이라면 모를까, 아무리 보통 수건보다 큰 목욕용 수건이라 해도 나래의 몸을 전부 가리기에는 그 면적이 부족해 보였다.

……나래는 그, 뭐냐, 여러 가지로 부피가 크니까.

그 중 한 곳인 엉덩이는 어떻게 잘 가리고 있어서 허벅지만을 드러내고 있지만 그것만으로도 시선을 끌기 충분하다. 하지만 내 시선은 그 눈부신 허벅지로 만족을 못하고 다른 곳에 못 박혀 있다. 목욕용 수건을 고정시키느라 반쯤 짓눌린, 그래서 탈출을 감행하려고 하는 가슴으로 말이다.

그래요. 제가 가슴을 좀 많이 좋아합니다.

"우리 사이에 뭐 어때?"

내 시선을 눈치챘는지 나래의 시선에는 장난기가 가득 담겨 있었다.

"……랑이의 교육에 안 좋다는 말이 하고 싶은데."

"지금처럼 알몸으로 돌아다니는 랑이가 나 때문에 수건이라도 두르고 다니면 오히려 다행이지 않을까?"

그러네?

갑자기 할 말이 없어진 나는 행동을 하기로 했다.

"그보다, 자."

이쪽에 다가와 슬쩍 허리를 숙이는 것으로 자신의 가장 위대하며 위협적인 무기를 자랑하는 나래에게, 이제는 손가락까지 물고 생각에 잠긴 랑이를 넘긴 거다.

내가 생각해도 이건 최선의 한 수였다.

나래의 유혹은 유혹대로 막을 수 있었고, 랑이의 대답하기 곤란한 질문을 다시 받을 가능성도 지울 수 있었으니까.

"그럼 랑이를 부탁할게, 나래야. 난 방에 놔두고 온 것 좀 가지고 올 테니까."

"응? 아, 알았어, 성훈아."

살짝 당혹해하는 나래에게 상쾌한 미소를 보이며, 나는 아무것도 놔둔 게 없는 방으로 향했다.

……거실은 위험해.

나래의 수건 차림은 더더욱 위험하고.

또 무슨 일이 일어날지 모르니 애들이 다 씻고 나와서 부를 때까지 방에 틀어박혀 있자.

그렇게 침대 위에 누워 느긋하게 휴대폰으로 인터넷이나 둘러본지 얼마나 지났을까.

"흐아아암~"

아무 일도 없으니까 절로 하품이 나오는군. 이러다가는 깜빡 잠들 것 같다.

"안 되지, 안 돼."

어차피 점심을 먹고 나면 아이들도 낮잠을 잘 거다. 잘 거면 그때 자자. 지금 잤다가는 점심 못 먹어.

나는 잠이나 깰 겸, 몸을 반쯤 일으켜 늘어지게 기지개를 켰다.

그리고 마침 노크 소리와 함께 문틈 사이로 검은 연기로 써진 글이 들어왔다.

[안에 있음?]

페이다.

페이에게 대답을 하려고 할 때, 나보다 앞서 문 밖에서 들려온 소리가 있었다.

"아우우우, 글로 쓰면 오라버니께서 못 볼 수도 있는 거예요."

잘 봤는데?

페이가 뭐라고 글을 썼는지, 잠시 후에야 치이의 목소리가 들려왔다.

"깜빡 졸고 계실 수도 있는 거예요. 오라버니, 오늘은 평소보다 피곤해 보이셨던 거예요."

……치이가 보기에도 그랬나? 샤워하면서 거울을 봤을 때는 평소와 별다른 차이가 없었는데.

눈 밑이 조금 퀭할 뿐.

그런 생각을 하는 동안에, 페이가 글을 쓴 것 같고 치이가 다시 대답했다.

"그러니까 문을 살짝 열고 확인하는 거예요."

그리고 잠시 뜸을 들인 뒤.

"꺄우우우? 페이는 무슨 말을 하는 건가요! 못 하는 말이 없는 거예요!"

……페이의 글을 못 보니 답답하군. 문을 열고 나가서 물어보려고 할 때, 다행이도 치이의 목소리가 들려왔다.

"오라버니께서 이런 시간에 이런 곳에서 그, 그, 그런 짓을 하고 계실 리가 없는 거예요! 아직 낮인 거예요! 그런 건 밤 늦은 시간에 혼자 있을 때 하는 거라고 배운 거예요!"

음.

다시금 내 주먹과 페이의 관자놀이가 친목을 다지는 시간을 마련해 줘야겠다.

손을 쥐었다 피며 준비를 하고 있자니 치이의 커다란 목소리가 문밖에서 들려왔다.

"알겠는 거예요! 저는 오라버니를 믿고 있지만, 호, 혹시 모르니 몰래 확인해 보는 거예요!"

나는 별로 의미는 없지만, 흥분해서 자기 목소리가 평소보다 두 배는 커졌다는 사실을 모르고 있는 치이에게 마음속으로 딴죽을 걸었다.

……치이야. 너, '몰래'라는 단어의 뜻은 아는 거니?

그리고 말이다. 너희들이 생각하는 일을 할 때는 밖에서 들리는 낙엽 떨어지는 소리에도 민감하게 반응한단다.

그런 생각을 하고 있자니 문고리가 조심스럽게 돌아간다. 이

내 끼이익 소리와 함께 문이 살짝 열리고, 그 틈을 통해 치이와 페이가 위아래로 살짝 피부가 붉어진 얼굴을 들이밀었다.

치이와 페이의 시선이 침대로 향했고, 문을 바라보고 있던 나와 자연스럽게 눈이 마주쳤다.

까막까치 녀석들이 눈을 깜빡깜빡했다.

지금 상황이 이해 안 되는 거겠지. 왜 내가 잠든 것도 아니고, 혼자만의 시간을 즐기는 것도 아닌 채 자신들을 보고 있는지 말이야.

이대로라면 치이와 페이가 그대로 굳어 버릴 것 같아서 내가 먼저 입을 열었다.

"뭐 해? 안 들어오고."

그제야 치이와 페이가 움직였다.

"아우우우? 안 주무시고 계셨던 거예요?"

[대답이 없어서 졸고 있는 줄 알았음.]

치이와 페이가 문을 활짝 열고 안으로 들어왔다.

당연하겠지만 수영복이 아닌 평상복으로 갈아입은 채로.

……아쉽지 않거든? 애초에 이런 별장에서 수영복을 입고 있으면 그거야 말로 이상하다고. 무슨 퇴폐적인 영상에서 나오는 상황도 아니고 말이야.

나는 머리를 흔들어 그런 것도 은근히 괜찮겠다는 생각을 지워 버리며 치이와 페이를 향해 말했다.

"대답하려고 했는데, 그전에 너희 둘이 할 이야기가 있는 것 같아서 기다리고 있었다."

“그러셨던 건가…… 요?!”

내 말에 치이가 얼굴이 새빨개져서는 그대로 공중에 뜰 것 같이 귀 위 머리카락을 파닥이며 새된 소리를 냈다.

“드, 듣고 계셨던 건가요?”

조금 전까지 자기가 무슨 말을 했는지 깨달은 거겠지.

“그래.”

“꺄우우우우!!”

치이가 자리에 주저앉아 무릎 사이에 얼굴을 묻고는 두 팔로 머리를 가렸다.

그렇게 부끄러워할 소리를 왜 했나 몰라?

하지만 페이와 비교하면 치이는 양반이었다.

“넌 나한테 뭐 할 말 없냐?”

[? 무슨 말인지 모르겠음.]

이 녀석은 딱 잡아떼고 있으니까.

슬금슬금 돌아가려는 양 갈래 머리카락을 버스 손잡이처럼 양손으로 꽉 잡고서 말이야.

“정말 없어?”

[왜 그럼? 나는 이상한 글 안 씀. 치이 혼자서 야한 생각한 거임. 난 치이 뱃바닥처럼 결백함.]

“꺄우우우?!”

고개만 겨우 들어 페이를 바라보는 치이의 시선에는 뭐랄까, 정말 여러 가지 감정이 녹아 있었다. 하지만 페이는 치이를 바라보지 않고…… 아니, 양심의 가책상 바라보지 못하고 시선을 피하며 휘파람을 불 뿐이다.
정의의 심판을 내려야겠군.
"페이야."
[다시 주장하지만 난 결백함.]
"아니, 됐고."
나는 침대 위의 빈자리를 손으로 툭툭 두드리며 말했다.
"이리 와 봐."
자신의 거짓 주장을 믿어 줬다고 생각했는지, 페이의 안색이 환해져서는 슬라이딩을 하듯 내 침대 위에 엎어졌다.
[역시 성훈은 날 믿어 줄…….]
페이의 글이 중간에 끊긴 이유는 간단하다.
[무슨 짓임?]
내가 몸을 틀어 엎드린 페이의 허리 위에 체중을 싣고 올라탔거든. 단지 그뿐이라면 페이의 성격상 성적인 농담을 건넬 법도 했지만…….
"네 죄를 네가 알렸다."
페이에게는 지금 내 두 주먹이 정확히 자신의 양쪽 관자놀이에 닿아 있다는 게 문제겠지.
[내게 죄가 있다면 오로지 성훈을 사랑한 죄밖에 없음!]
살짝 가슴이 두근거릴 정도로 멋진 글귀였지만 말이다.
"이럴 때 그런 말 쓰지 마라, 이놈아."
[아파아아아앗!!]
내게 깔린 채로 페이가 발버둥을 쳤지만 소용없는 짓이다.

잊으면 안 된다고. 내가 언제나 랑이의 이빨을 목에 차고 있다는 걸.

……뭐, 그 전에 이 녀석이 어떤 상황이 되던 간에 나를 해칠 일은 없지만.

그렇게 나는 페이에게 적당히 벌을 주고 침대에 걸터앉았다.

[아픔. 몸만이 아니라 마음도 아픔.]

페이는 내 침대 위에서 자궁 속의 태아처럼 몸을 웅크린 채 궁상을 부리게 되었고.

그와 달리 조금 전까지만 해도 지금의 비슷한 모습이었던 치이는 눈에 확 띌 정도로 바들바들 떨면서 나를 바라보고 있다.

왜 치이까지 겁을 먹었는지 모르겠네.

"아, 아우우우……. 저, 저한테도 하실 건가요?"

아, 그런 이유였군.

"내가 왜? 안에서 대충 들어 보니까 페이가 또 이상한 글을 써서 그랬던 것 같은데."

내 말에 치이가 가슴을 쓸어내렸다.

"휴우우우……."

그 모습을 살짝 훔쳐보던 페이가 쓴 글이 방 안을 둥둥 떠다닌다.

[편애…… 이건 편애임. 이런 편애가 넘치는 곳에서 난 못 삼.]

뭘 그렇게까지 말해? 마음 약해지게.

"그렇게 아팠냐?"

페이는 아무 말 없이 고개를 끄덕였다.

"그래?"

나는 눈물이 고여 울상을 짓고 있는 페이의 겨드랑이 사이에 손을 넣어 내 쪽으로 가깝게 오게 한 뒤, 턱을 내 허벅지 위에 올려놓고 머리를 쓰다듬어 주었다.

[우우.]

어리광을 받아 주면 버릇이 나빠질 것 같지만, 페이가 사리분별을 못할 정도로 애도 아니고 이 정도는 괜찮겠지.

"……."

그런데 말이다, 치이야.

넌 또 뭘 그렇게 부러워하는 눈치냐.

나는 슬쩍 비어 있는 허벅지를 가리키며 치이에게 말했다.

"너도 올래?"

"아, 아우우우?"

생각을 들킨 게 부끄러운지 치이가 화들짝 놀라서는 샤샤샥, 뒤로 물러났다.

"무슨 말씀을 하시는 건가요, 오라버니? 전 괜찮은 거예요!"

말은 그렇게 하지만 네 녀석의 귀 위 머리카락은 상당히 정직하구나. 지금 당장이라도 나를 향해 날아올 것만 같은 파닥임인데.

나는 다시 한 번 허벅지를 툭툭 치며 말했다.

"괜찮으니까 이리 와."

"아우우우……."

잠시 내면의 갈등을 겪은 치이가, 날이 선 목소리로 쭈뼛거리며 내게 다가왔다.

"이, 이건 오라버니께서 오라고 하셔서 어쩔 수 없는 거예요. 그런 거예요!"

[츤데레 감사. 잘 먹었음.]

이미 내 허벅지를 베개처럼 쓰고 있는 페이는 고개만 살짝 든 채 글을 썼고.

그러는 사이 치이도 침대 위로 올라와서 페이처럼 내 허벅지를 베개로 쓰게 되었다. 다만 다른 게 있다면 페이는 엎드리고 있고, 치이는 누워 있다는 걸까. 침대 위에 눕다가 저고리가 살짝 아래로 밀려 내려갔는지 평소보다 어깨가 많이 드러났다는 점도 있군.

별 상관없는 생각은 그만하고, 나는 양손으로 치이와 페이를 쓰다듬어 주었다.

[극락~ 극락~]

페이는 기분 좋다는 걸 숨길 생각이 없다는 듯 글을 썼고,

"하우우우……."

치이는 살짝 부끄러워하면서도 내 손길을 피하지 않았다.

물론 나도 이 녀석들을 귀여워해 줄 수 있다는 점에서 행복지수가 오르는 느낌이다.

"캬아아앙!!"

쾅! 하고 벌컥 문을 열고 아야가 들어오기 전까지는.

[?!]

"꺄우우우?!"

아야가 낸 큰 소리에 놀라 치이와 페이가 벌떡 일어났다. 덕분에 나도 잽싸게 두 손을 들어 만세를 했고.

까막까치 녀석들과 마찬가지로 환복을 한 아야는 꼬리털이 붉게 달아오를 정도로 흥분해 있었다. 꼬리털이 아니더라도 지금 당장 손수건을 물어뜯어도 이상하지 않을 표정이라든가, 씩씩거리며 들썩이고 있는 어깨만 봐도 아야가 잔뜩 화가 났다는 건 알 수 있겠지만.

나는 아야에게 말했다.

"왜 그렇게 화가 났어?"

"그러면 내가 화 안 나게 생겼어, 이 답답아?!"

미리 말해 두지만, 나는 잘못한 게 없다. 내가 별장에 와서 한 거라고는 씻고, 세희와 이야기하고, 방에 틀어박힌 게 다니까.

하지만 우리 귀여운 딸내미가 저렇게 화가 나 있으니까 일단 달래는 게 먼저겠지.

나는 두 팔을 아야를 향해 벌리며 말했다.

"아야도 이리 올래?"

"키히힝, 당연하지…… 가 아니라!!"

콧소리를 내며 살짝 들뜬 발걸음으로 이쪽으로 오려던 아야가 이내 멈춰 서서는 캬아앙, 소리를 질렀다.

"너희 둘!"

내가 아니라 치이와 페이에게.

"점심 준비 다 돼서 아빠한테 알려 주려고 간 거였잖아! 그런데 지금 여기서 뭘 하고 있는 거야?!"

……단순히 놀러온 게 아니었구나.

나는 시선을 내려 치이와 페이를 번갈아 바라보았다.

"아우우우……."

치이는 어깨를 움츠리며 슬쩍 눈을 피했고.

[보면 모름? 성훈에게 귀여움받고 있음!]

페이는 당당히 내 시선을 무시하며 아야를 향해 검은 연기로 쓴 글을 보냈다.

"캬!!"

아야는 손끝에서 불러일으킨 여우불로 글을 홀라당 태워 버리고서는 말을 이었다.

"내가 이럴 줄 알고 너희 둘 대신 내가 가겠다고 한 거였어, 이 욕심들아! 이제 너희들 못 믿어! 오늘부터 아빠를 부르러 갈 일이 생기면 무조건 내가 갈 거야!"

그 말에 치이가 화들짝 놀라서는 아야를 보며 말했다.

"그건 억지인 거예요! 그때도 오늘처럼 가위바위보를 해야 하는 거예요!"

페이도 지지 않고 글을 썼다.

[욕심은 아야가 부리고 있는 거 아님? 전에도 글 썼지만 성훈은 공공재임. 독점하면 폭동 일어남.]

"캬항!"

아야가 코웃음을 치고는 팔짱을 끼며 거만하게 치이와 페이를 내려다보며 말했다.

“그런 말은 최소한 자기 할 일은 다 해 놓고 해야 하는 거 아님?”

“아우우우…….”

아픈 곳을 찔렸는지 치이가 몸을 움찔거리며 신음을 흘렸다.

[나는 글임.]

그와 달리 페이는 뻔뻔하게 나섰지만.

……내가 페이를 닮게 된 건가, 페이가 나를 닮게 된 건가, 아니면 우리 둘 다 세희를 닮게 된 건가.

“그게 그거잖아, 이 말꼬리야!”

[그것보다.]

페이가 아야의 말을 무시하며 자기가 쓸 글을 썼다.

[할 일은 안 했다는 건 틀린 말임.]

……그게 무슨 소리냐?

나는 너희 둘 한테 밥 다 됐다는 소리를 들은 적이 없는데.

“키이잉?”

“아우우우?”

치이와 아야도 그렇게 생각했는지 의아해하는 눈동자로 페이를 바라보았다.

그 둘의 시선을 한 몸에 받으며, 페이가 몸을 돌려 나를 향해 글을 썼다.

[점심 준비 다 됐음. 밥 먹으러 가면 됨.]

“…….”

“……”

“……”

페이의 뻔뻔함이 하도 어이가 없어서 입을 벌리고 멍하니 있을 때. 페이만이 아야를 향해 멋진 미소를 보이며 글을 썼다.

[이제 됐음?]

그리고.

“캬아아앙!”

아야가 페이를 덮쳤다.

“까우우우우! 싸우면 안 되는 거예요! 싸우면 안 되는 거예요!”

[폭력 반대! 폭력 반대임!! 대요괴의 횡포에 중소 요괴 다 죽음!]

“키이이이잉! 지금 그걸 말이라고 하는 거야?!”

침대 위에 널브러져서 어떻게든 몸을 보호하려는 페이와, 엉겨 붙어서 볼을 꼬집으려는 아야, 그리고 둘을 말리는 치이.

하핫, 난장판이로구나.

그래도 내 입가에 흐뭇한 미소가 지어지는 건, 아이들 사이에 예전과 같은 어색한 분위기가 조금도 남아 있지 않기 때문일까.

“뭘 웃고 계시는 건가요, 오라버니! 오라버니도 말려 주시는 거예요!”

……말리긴 해야겠지만.

*　*　*

거실에서 기다리고 있는 가족들 중, 랑이가 가장 먼저 환한 미소로 우리들을 반기다가 이내 머리카락으로 물음표를 만들었다.

"……너희들 다 꼴이 왜 그러느냐?"

"신경 꺼, 이 족집게야."

[대요괴의 횡포에 당해 버림.]

"……자업자득인 거예요."

한바탕한 결과로 셋 다 꼴이 아니게 됐거든.

나름 몸가짐을 정돈한다고 했지만, 올이 나간 페이의 스타킹이라든가, 찢어져 버린 치이의 저고리라든가, 헝클어져서 산발이 된 아야의 머리는 어떻게 할 수가 없었다.

"에휴……."

그 모습을 보고 나래가 낮은 한숨을 쉬고는 아이들에게 말했다.

"치이하고 페이는 세희한테 가서 갈아입을 옷 달라고 해."

치이와 페이가 고개를 끄덕이고는 세희의 방으로 추정되는 곳으로 들어가는 걸 본 뒤 나래가 가슴골에서 빗을 꺼내며 말을 이었다.

"아야는 이리 와. 머리 빗겨 줄 테니까."

아야는 머리가 길어서 혼자서는 머리를 빗고 정리하는 게 힘드니까 누군가 도와주는 경우가 많다. 나도 도와주긴 하지만 나래보다는 빈도가 낮지.

"크, 크응……."

그런데 평소와 달리 아야는 나래의 권유를 못 들은 척 슬그머니 시선을 피할 뿐이다.

왜 그러는지 모르…….

아.

깜빡하고 있었다. 이 녀석, 낮에 있었던 일 때문에 나래를 살짝 어려워하고 있었지?

그렇다면 오히려 지금이 기회가 아닐까?

나래가 아야의 머리를 빗겨 주는 것을 계기로 둘이서 대화를 하고, 오해를 풀 수 있을 테니까. 그래야 밥도 맛있게 먹을 수 있을 것 같고.

아무리 시장이 반찬이라고 해도 뭔가 마음에 응어리진 게 있으면 밥맛이 떨어지지 않겠어?

그렇게 생각한 나는 슬쩍 아야의 등을 밀어 주려고 했다.

했는데.

벌컥!

그 전에 치이와 페이가 들어갔던 문이 상당히 시원하게 열려서 그쪽으로 시선이 가고 말았다.

"귀찮은 일이 하나 더 남았다고 들었습니다만."

그곳에는 양쪽 허리에 치이와 페이를 끼고 있는 세희가 있었다.

"죄송한 거예요. 제가 잘못한 거예요."

[잘못했음. 제발 화내지 말았으면 좋겠음.]

두 녀석이 세희의 허리에 끼인 채로 싹싹 빌고 있는 것과는 별개로, 내 방에 들어오기 전과 같이 깔끔한 모습인 걸 보자니 역시 세희라는 생각이 들었다.

대단해. 놀라워. 그 짧은 시간에 옷을 갈아입혀 주다니.

살짝 감탄하고 있자니 세희가 기가 차다는 듯한 목소리로 치이와 페이에게 말했다.

"화가 나다니요? 주인님의 수발을 드는 데 익숙해진 제가 이 정도 일에 화가 날 것 같습니까."

반박하고 싶지만 할 말이 없군. 반쯤은 사실이니까.

그런데 왜 이쪽을 보냐. 난 이상한 생각 안 했다? 네 노력을 부정하지 않았다고?

하지만 세희가 나를 보고 있다는 건 착각이었다.

"크응?"

내가 아닌 내 앞에 서 있는 아야를 향해 걸어왔으니까. 세희는 자신이 내려놓은 치이와 페이가 서로 부둥켜안고 생존의 기쁨을 누리는 것을 무시하며 아야를 향해 뚜벅뚜벅 걸어왔다.

그 모습이 마치 어렸을 때 본 명작 영화에서 나온 감정 없는 살인 기계같이 보이는데?

"왜, 왜 그래, 이 무섭아?"

나도 그러는데 당사자인 아야는 어떻겠어?

"잠깐 실례하겠습니다."

그러거나 말거나 세희는 아야의 어깨를 잡아 빙글 몸을 돌렸다. 두려움에 가득 찬 아야의 시선이 나와 마주쳤다.

세희가 언급했던 몸으로 말해요, 라는 TV 코너가 떠오르는군.

하지만 다행이도 내가 세희를 말릴 만한 일은 일어나지 않았다.

세희는 소매에서 빗을 꺼내고서는 순식간에, 정말 순식간에 아야의 헝클어진 머리를 예쁘게 빗어서 끈으로 정돈해 줬으니까.

"끝났습니다."

그제야 세희가 무슨 일을 했는지 알게 된 아야가 고마움에 볼을 붉히며 감사 인사를 했다.

"뭐, 뭐야, 이 고맙아! 나한테 이상한 짓 하는 줄 알고 깜짝 놀랐잖아!"

아야 나름대로의 표현으로 말이지.

하지만 내 신경을 긁기 위해 온갖 노력을 아끼지 않는 세희다. 아야의 솔직하지 못한 표현 정도는 귀를 막고도 알아들을 수 있는 녀석이지.

문제는 말이야.

"……."

나래 님께서 무시무시한 눈으로 세희를 노려보고 있다는 거다. 세희도 그 시선을 눈치챘는지, 고개만 돌려 나래를 바라보며…….

슬쩍 턱을 추켜올렸다.

파직.

세희가 보낸 명백한 도발에, 나래는 잡고 있던 빗의 손잡이를 가루로 만들어 답했다.

……저게 인간의 힘으로 가능한 건가.

아니, 화가 나서 자기도 모르게 요술을 써 버렸다고 생각하는 게 맞겠지. 마치 당황하면 자기도 모르게 English가 나오는 사람처럼Yo.

중요한 건 나래의 무력시위로 몇몇을 제외하고는 모두 얼음 상태가 되어 버렸다는 거다.

그만큼 나래는 화가 나 있었다.

나래도 이번 기회에 아야와의 서먹한 관계를 회복하려고 했는데, 세희가 방해한 게 꽤나 짜증이 난 것 같다.

이런 사실을 안다고 해서 지금 당장 제가 할 수 있는 것은 없지만요.

누가 성난 곰에게 다가서고 싶겠습니까?

"그렇군요."

하지만 있었다.

그건 이런 상황에서도 성린과 가벼운 담소를 나누며 봄의 향기가 물씬 피어나는 상냥하고 훈훈한 세계를 구축하고 계시던 성의 누나였다.

"성린이 말해 줬어요. 성훈이 지금 당장 영양분을……."

"섭치."

"섭치할 필요가 있다고요."

……섭치가 뭔지는 모르겠지만, 성의 누나가 하고 싶었던 말이 섭취라는 건 알 수 있었다.

"응. 꼭 필요해."

아마도 성린은 내가 배가 고프다는 걸 영양분의 섭취가 필요 하는 식으로 받아들인 거겠지.

정확히 말하면 아까까지 배가 고팠다고 하는 게 맞겠지만 말이죠. 지금은 긴장감에 위장이 쏘옥 오그라들어서 밥 생각이 없어졌는데 말이야.

하지만 지금만큼 성의 누나의 도움이 고마운 적이 없다.

"그, 그럴까? 그래, 그러자. 밥 먹으러 가자."

내가 힘겹게 입을 열자, 나래의 왼쪽에서 얼음처럼 굳어 있던 랑이가 벌떡 일어나 기름칠 안 한 로봇처럼 식당으로 걸어가며 말했다.

"으, 냐, 아, 아. 나도 배가 고프느니라~ 다, 다들 밥 먹으러 가자꾸나아~"

……그건 좋은데, 랑이야. 너 지금 오른손하고 오른발이 같이 나가고 있다.

"그런 거예요! 나래 언니, 식사하러 가시는 거예요!"

[식사는 중요함! 정말 중요함! 밥 먹으러 가야 함!]

아이들의 필사적인 노력을 본 나래가 낮게 한숨을 쉬었다.

"……하아."

그것으로 피서지의 별장이라기보다는 추운 겨울에 몰아친 눈보라에 갇혀 버린 산장 같았던 분위기가 풀어졌다.

"그래. 밥 먹으러 가자."

그렇게 겨우겨우 점심을 먹기 위해 식당으로 갈 수 있게 되었을 때.

"너, 일부러 그랬지."

나는 세희를 지나치기 전에 슬쩍 말을 건넸다.

"무슨 말씀이신지 모르겠습니다."

그리고 세희는 내 질문에 그렇다는 대답을 한 뒤 별장 밖으로 향했다. 아마도 바둑이를 데리고 오려는 거겠지.

……그러면서 나래와 스쳐 지나갈 때 불꽃이 튀는 시선을 주고받은 거는, 원활한 식사와 소화를 위해 못 본 거로 하자.

* * *

"왜 이렇게 늦었느냐?!"

내 인생을 설명하는 데 있어 이만한 말이 없기에 기억해 두고 있는, 내우외환이라는 사자성어가 있다.

간단히 말하면 안이나 밖이나 근심, 걱정밖에 없다는 건데, 지금 내 상황이 딱 그렇군.

식당과 붙어 있는 개방형 부엌에서, 일식집에서나 볼 수 있을 법한 챙이 높은 흰색 모자와 흰색 가운. 거기다 앞치마에 회칼을 들고 있는 냥이가 잔뜩 뿔이 난 채 기다리고 있었으니까.

"미안하느니라, 검둥아."

다행인 건 랑이가 그 누구보다도 먼저 냥이에게 사과했다는 점이다.

자신에게 다가와 꾸벅 고개를 숙이며 사과하는 랑이를 사랑이 가득 찬 눈으로 바라본 냥이는, 이쪽을 향해 조금 전과 동일인이라고는 여길 수 없는 표정을 지으며 말했다.

"네가 미안할 것은 없다, 흰둥아."

그래.

네가 이쪽을 볼 때부터 무슨 말을 할지는 뻔하지.

나는 가장답게 나서서 총대를 멨다. 실제로 나 때문에 늦은 거고.

"아, 미안. 나 때문에 좀 늦었다."

냥이의 등 뒤로 검은색 호랑이가 어흥~ 하고 울부짖는 환영이 보이네.

"……할 말은 그게 끝이느냐?"

그럴 리가.

"사진, 귀엽게 잘 나왔어?"

깜빡하고 있었지만, 부엌에 있는 사람한테 장난을 치면 안 되는 법이다.

"검둥아! 내려놓거라! 칼은 내려놓거라!"

"잠깐만, 냥이야! 장난이 너무 심하잖아?!"

"꺄우우우! 오라버니! 지금 뭘 하시는 건가요?!"
[대신 사과함! 내가 대신 사과함!]
"키이이잉! 아빠 다치게 하면 안 돼!!"
나래와 아이들이 난리를 피고 있는 동안 저는 뭘 하고 있냐고요?
"아빠, 꼴불견."
어디보다 안전한 성의 누나의 뒤에 잽싸게 숨었습니다.
"일단 살고 봐야지."
랑이를 지금까지 봐 온 나는 알 수 있었다. 만약 랑이에게 팔을 잡히지 않았다면, 냥이가 진심으로 이쪽을 향해 회칼을 던졌을 거라는 사실을.
아, 그렇다고 오해하면 안 된다.
나는 이쪽이라고 했다. 내가 아니라.
"이거 놓거라! 내 오늘 저놈의 버릇을 고치고 말겠느니라!"
……내가 잘못 본 거 아니지?
하지만 삶의 위험은 적으면 적을수록 좋고, 나는 성심성의껏 냥이에게 사과를 했다.
성의 누나의 뒤에서.
"……내 흰둥이를 보아 넘어가겠느니라."
냥이도 그리 개운치 않아 보였지만 사과를 받아 줬고.
뭐, 어쨌든.
식탁 앞에 앉아 상차림을 보니 냥이가 왜 늦게 왔다고 화를 냈는지 알 것 같았다.

"우와……."

그야말로 산해진미가 거기에 있었다.

세희의 음식 솜씨에 길들여진 나도 입에서 감탄사가 나올 정도다. 가장 먼저 내 시선을 잡아 끈 건, 상마다 놓인 회였다.

윤기가 자르르 흐르는 게 지금 당장 젓가락으로 한 점 떠서 간장에 찍어 입에 넣고 싶어지게 만드는 빛깔이다. 그러면 분명 입안에서 사르륵 녹겠지. 분명 그럴 거다.

하지만 가장 마음에 드는 건, 그 양이다.

아이들의 먹성을 고려했는지 양이 압도적으로 많다. 정말 많아. 도대체 몇 마리의 물고기를 회 떴는지 모를 정도로 수북하다. 그러면서도 접시에 정갈하고 깔끔하게 담아 놓은 게 품격까지 느껴질 정도다.

이 회만 먹어도 배부를 것 같은데, 나를 놀라게 하는 점은 아직도 부엌에서 음식들이 계속 날아오고 있다는 점이다.

잘못 말한 게 아니다. 냥이가 요술로 음식이 담긴 접시를 상마다 놓고 있으니까.

먹기 좋게 잘린 전복, 빨갛게 익어 김이 나는 새우, 향긋한 냄새를 풍기는 콘 치즈, 바다가 가득 담긴 개불과 멍게, 입맛을 돋워 줄 샐러드, 시원한 물회에 노릇노릇하게 구워진 장어까지.

나도 모르게 꼴깍하고 침을 넘길 정도인데 아이들은 또 어떻겠어?

지금 당장이라도 손을 움직이고 싶은 눈치지만, 이 멋진 점심을 준비해 준 냥이가 부엌에 있기 때문일까. 열심히 참고 있는 눈치였다.

"검둥아! 너도 빨리 와서 앉거라! 너무너무 맛있어 보여서 빨리 먹고 싶으니라!"

그래서 랑이가 냥이를 불렀을 때는 잘했다는 듯 고개를 끄덕이는 아이들도 있었다.

당연히 나도 포함된다.

그리고 부엌에서 냥이의 대답이 들려왔을 때.

"나는 준비하면서 적당히 배를 채웠으니 너희들끼리 먹고 있거라."

"정말이느냐?"

"이런 일로 내가 거짓말을 할 이유가 어디 있겠느냐?"

냥이의 대답에, 누가 먼저라고 할 것 없이 한 목소리가 되어 말했다.

"잘 먹겠습니다!"

고생 끝에 낙이 온다고 할까. 체감상 기나긴 기다림 끝에 입에 넣은 회 한 점은, 내 예상대로 입에서 그대로 녹았다.

"우와……."

아니, 진짜로 녹았어. 거의 씹지도 않았는데 말이야. 뭐 이렇게 맛있냐? 지금까지 먹어본 회가, 회로 느껴지지 않을 정도다.

"대단하네."

가끔 잊을 때가 있지만, 대기업 사장님의 외동딸로 태어나서 고급 음식을 많이 먹어 본 나래도 살짝 놀란 눈치다.

다른 아이들?

이런 맛있는 음식을 앞에 두고 말을 하는 것은 예의에 어긋난다고 생각했는지 열심히 수저를 움직이고 있다.

예외라고 하면, 이럴 때도 평소와 다름없는 손짓으로 성린에게 음식을 먹여 주고 있는 성의 누나와…….

"잔이 비었는데 뭘 구경만 하고 있는 겁니까."

"어머나. 미천한 제가 어찌 세희 님께 술을 따라 드리겠어요?"

"술에 귀천은 없을 터입니다."

"그러신가요? 그러면 이 기회에 서양 술을 세희 님께 올려드리죠."

구석진 곳에 핀 돗자리 위에 상을 차린 뒤 무시무시한 소리를 주고받으며 술판을 벌이고 있는 두 창귀뿐이었다.

……그런데 저건 말려야 하는 거 아니야? 보통 술이라면 모를까 양주는 좀 아닌 것 같은데?

"음식이 입에 맞느냐?"

그런 생각을 하는 내 옆에 냥이가 다가왔다.

평소라면 왜 이 녀석이 내게 왔을까 의심부터 했겠지만, 이런 천상의 음식을 먹게 해 준 냥이에게 처음부터 경계심을 드러낼 정도로 나는 은혜를 모르는 사람이 아니다.

……다르게 말하면, 경계심은 챙기고 있다는 이야기지.

어쩔 수 없잖아? 이 녀석이 지금 해맑은 미소를 지으며 정신없이 젓가락을 움직이고 있는 랑이의 옆에 가지 않았다는 점만으로도 내 의심을 사기에는 충분하니까.

아, 먹을 거에 정신이 팔려서 이야기를 못했는데.

식당에서는 집과 달리 의자에 앉는 4인용 식탁을 붙여 놓았다. 결혼식장의 뷔페 같은 느낌이라고 생각하면 된다.

내 옆에는 나래, 그 맞은편에는 성의 누나와 성린이 앉았다. 옆의 식탁에는 랑이가 홀로 앉고 치이와 폐이가 나란히 앉았는데, 한 자리를 비워 둔 건 냥이가 왔을 때를 생각한 것 같다. 그리고 마지막 세 번째 식탁에는 바둑이와 아야가 상을 넓게 쓰고 있다.

말했듯이, 세희와 가희는 저 구석진 곳에서 따로 술판을 벌이고 있고.

뭐, 이야기가 길어졌지만 결국 내가 하고 싶은 말은 이렇다.

랑이의 옆자리가 비어 있는 지금, 내가 다가온 냥이의 행동은 충분히 의심을 살 만하다는 것.

"어, 맛있다."

그래도 내 혀는 정직하다.

"그것 참 다행이구나. 노력한 보람이 있느니라."

가슴을 피며 밝게 웃는 냥이의 모습을 보니 내 마음속의 의심이 눈 녹듯 사라지는 것이 느껴졌다.

그 모습에 어린아이 같은 순수한 기쁨이 녹아있었기 때문에?

아니다.

알 것 같았거든. 냥이가 왜 지금 꾸밈없이 행동하고 있는지.

그래서 나는 얼핏 들어 알고 있는 사실을 입에 담아 내 가정이 맞는지 확인해 보기로 했다.

"역시 물고기는 갓 잡아 올린 게 최고네."

냥이의 눈동자에 별빛이 내렸다.

"네놈도 그리 생각하는구나!"

랑이라 착각할 만큼 환한 미소를 지으며 꼬리까지 살랑이는 모습을 보니 아무래도 내 생각이 맞는 것 같다.

냥이가 평소와 다른 모습을 보인 이유는, 생각보다 간단한 이유였다.

가희도 말했잖아.

자신이 잡은 물고기를 자랑하고 싶은 마음은 모든 낚시꾼들의 공통점이라고.

지금 내 눈앞에 있는 냥이가 준비한 음식들은, 다른 종류의 자랑이었다는 이야기다. 내가 잡아서 직접 손질한 물고기는 이렇게 맛있다고 뽐내고 있다는 말이지.

이런 간단한 사실을 눈치채지 못했던 건…….

내가 그동안 너무 꼬이고 꼬인 일만 겪어서 그렇습니다.

나는 덮어 놓고 의심부터 한 것에 대한 사과의 마음을 담아 냥이에게 말했다.

"낚시부터 손질에 요리까지. 넌 정말 못하는 게 없구나."

"흥! 이제 알았느냐?"

가소롭다는 듯이 코웃음을 치는 것과 달리 냥이의 코는 하늘을 찌를 것 같이 올라갔다.

그 모습이 귀엽다고 생각하며 나는 말을 이었다.

"네 덕분에 입이 호강한다. 고마워."

"알면 됐느니라."

냥이는 내 감상이 마음에 들었는지 흐뭇하게 웃으며…….

다른 아이들에게 일일이 찾아가서 회가 입맛에 맞는지 물어보고, 자신이 직접 잡았다는 사실을 자랑하기 시작했다.

음.

'그' 냥이가 저렇게 사심 없는 행동을 하게 만들다니.

낚시라는 건 무시무시한 취미인 것 같군.

냥이와 친해지기 위한 최종 수단이라면 모를까, 가벼운 마음으로는 절대 냥이에게 낚시를 가르쳐 달라고 하지 말아야겠다.

그런 생각을 하며, 나는 낚시의 결과물만은 입속에 쉬지 않고 집어넣었다.

맛있는 건 맛있는 거니까.

* * *

배부르게 먹었다. 아니, 오늘만큼은 아이들처럼 배가 빵빵해질 정도로 먹고 말았다.

설마 한 상을 치우고서 또 한 상이 차려질 줄은 상상도 못 했다고. 특히 그 중에서 입안에서 톡톡 튀는 참치알밥은 매운탕과 함께 먹기 최고였다. 회도 좋지만 역시 우리나라 사람은 밥과 국물을 먹어야 한다니까?

덕분에 움직이기도 힘들지만.

나는 기어가듯 도착한 거실의 소파에 몸을 맡긴 채 소화가 되기를 기다렸다. 잠깐 산책을 나가서 소화를 시키고 싶은 마음도 있지만…….

움직일 수 없습니다.

술을 몇 병이나 마신 세희에게 아이들을 맡기고 이곳으로 피해 왔을 정도로 말이야.

이렇게 과식한 상황에서 누구 한 명이라도, 특히 가능성이 높은 건 랑이겠지만, 아이들이 달려와 안긴다면 정말 끔찍한 결과가 이어질 테니까.

"배불러……."

평소보다 몇 배는 부른 배를 손으로 원을 그리며 만지고 있자니, 뒤에서 한심해하는 목소리가 들려왔다.

"너무 많이 먹었어, 너."

나래다.

목을 뒤로 젖히…… 려다가, 신체에 자극이 오는 자세는 하지 않는 게 좋다는 사실을 깨달은 나는 살짝 고개만 옆으로 돌렸다.

"생각보다 맛있어서."

"그래도 자제할 줄은 알아야지."

그렇게 말하며 내 옆에 앉은 나래의 배는 평소보다 살짝 나온 정도였다.

……나보다 적게 먹긴 했지만, 그래도 평소보다 많이 먹는

것 같던데? 도대체 먹은 게 다 어디로 간 거야? 질량 보존의 법칙은 뭘 하고 있는 거지? 요술이라도 썼나?

"성훈아."

"응?"

"너무 빤히 보는데."

"아, 미안."

나래가 살짝 볼을 붉히고서 두 손으로 배를 가렸다.

"신경 쓰인다고."

그러고 보니 나도 신경 쓰이는 게 있다.

나는 그중 하나를 입에 담았다.

"아, 그런데 말이야."

"응?"

"지금까지 몇 번이나 만져 본 적 있잖아?"

나래를 위해서 배라고는 직접 말하지 않았다.

"그런데 그 때는 복근 같은 게 없었는데……."

나래가 부끄러워하면서도 화를 내는 복잡한 표정을 지었기에 화제를 돌릴까 잠시 고민했지만.

나는 진실을 탐구해야 할 의무가 있다.

"최근에 생긴 거야?"

내가 꿋꿋하게 자신의 의지를 밀어붙이자, 나래가 깊은 한숨을 쉬며 항복했다.

"……평소에는 드러나지 않도록 신경 쓰니까."

나래의 표정에 드러난 복잡한 여심에 대해 묻는 건 포기하

자. 무슨 일이 일어날지 모르니까.

물리적으로 말이야.

그래서 나는 새로이 생긴 호기심을 풀기로 했다.

"어떻게?"

"……알고 싶어?"

"응."

순수하게 육체에 대한 흥미로 말이죠.

"진짜?"

"응."

정말이라니까요?

"정말?"

"응."

결코 물러서지 않는 나를 보고는 나래가 한숨을 쉬며 두 손으로 원피스 치마를 잡아 가슴 밑까지 들어올렸다.

우와아앗! 나래야! 갑자기 왜 그래?!

……라고 말하기에는 내 안의 욕망은 너무나 강했다.

원피스 아래에 숨겨져 있던 나래의 새하얀 속옷이 내 입을 다물게 만들었거든.

그 뭐랄까. 평소에도 나래의 적극적인 공세로 보곤 하지만, 누구나 들어올 수 있는 거실에서 이런 상황이 되니까…….

뭔가 다르네요.

예.

평소와 많이 다릅니다.

왠인지 모르겠지만 다른 느낌이 듭니다.

그 느낌에 이름을 붙이기 전, 얼굴이 새빨개진 나래가 말했다.

"자, 잘 봐."

안 그래도 잘 보고 있습니다.

하지만 그것도 잠시.

"이게 배에 힘을 뺀 상태야."

나래의 잘록하며 매끈한, 살짝 솟아오른 부분이라고는 흔히 비너스의 언덕이라 부르는 곳밖에 없는 배에 갑자기 근육이 생기는 모습에 나는 눈이 동그래졌다.

……아니, 잠깐만.

지금 내가 잘못 들은 거 아니지?

"이게 힘을 뺀 거라고?"

나래가 살며시 고개를 끄덕인 뒤 말했다.

"……평소에는 힘을 주고 있거든."

"그러면 보통…… 아!"

나는 나래가 한 말을 이해할 수 있었다.

보통 배에 힘을 준다는 말은, 숨을 내쉴 때처럼 배가 홀쭉하게 보이도록 한다는 뜻으로 쓰인다.

하지만 나래는 그 반대였던 거다.

숨을 들이마실 때처럼 배가 볼록하게 나오도록 힘을 쓰고 있다는 뜻이다.

일부러 복근이 보이지 않도록 하기 위해서.

"……왜?"

"……부끄럽잖아."

이런 말을 하긴 좀 그렇지만, 나래야.

너, 지금 부끄러워할 부분이 많이 잘못된 것 같은데 말이야. 지금은 나한테 속옷을 보이고 있다거나, 누구나 오갈 수 있는 곳에서 옷을 들어 올리고 있다는 점을 부끄러워해야 하는 거 아닐까?

그런 의문을 품고 올려다보니, 귀까지 붉어진 나래가 고개를 돌려 내 시선을 피하며 말했다.

"보통 여자애들은 운동을 해도 이런 복근까지는 안 생기니까."

그런 의미가 아니었고, 잘 알지도 못합니다. 내가 헬스장에 다니는 것도 아니니까.

"그보다 내려도 돼?"

나래는 내가 계속 자신의 배를 쳐다보는 게 신경 쓰이는 눈치다.

그리고 나는 이럴 때 장난을 치고 싶어지지.

"잠깐만 더 위로 들어 올려 주면 안 돼?"

"……읏."

나는 진심을 담아 말했다.

"부탁이야, 나래야."

나래는 낮은 신음을 흘리면서도 내 부탁을 거절하지 못했다. 치마를 잡은 손을 위로 들어 올리고서 치마의 중간 부분을 살짝 입에 물었으니까.

……저기요. 나래 님. 치맛자락을 입에 물어 달라고 한 적

은 없습니다만. 물론 아래와 색을 맞춘 브래지어의 밑이 볼 수 있게 된 건 감사합니다.

뭐, 이왕 이렇게 된 거 확실하게 보자.

응.

나는 나래의 허벅지에 머리가 닿을 정도로 몸을 앞으로 숙여 위를 올려다보았다. 자연스럽게 배가 아닌, 브래지어에 감싸진 채 살짝 접힌 선이 보이는 가슴의 밑 부분으로 시선이 옮겨졌고.

"꿀꺽."

나도 모르게 침을 삼키고 말았다.

기분 탓인지, 화아악 하고 나래의 피부가 붉어지는 느낌이 들었다.

"이, 이제 그만……."

나래의 떨리는 목소리가 귓가에 닿았지만 나는 움직이지 않았다. 아니, 움직이긴 했다.

내 손이 나래의 부드러운 피부를 향해.

변명할 생각은 없지만, 말해 두자면.

이건 일종의 본능이다. 생각을 거치지 않은 본능이 내 몸을 이끌고 있다.

그리고 내 거친 손가락과 나래의 부드러운 피부가 닿으려는 순간.

"나래야."

랑이의 목소리가 들렸다.

"으, 응?!"

새하얀 천이 나를 뒤덮었다. 그게 조금 전까지 나래가 들고 있던 원피스의 치마라는 사실을 깨닫는 데는 랑이가 대답할 정도의 시간이 걸렸다.

"성훈이하고 낮잠 잘까 했는데, 어딜 갔는지 안 보이니라. 혹시 못 보았느냐?"

정신이 번뜩 들었다.

제발 나래 님! 제가 자기 치맛자락 아래에 있다는 진실을 입에 담지 말아 주세요! 이런 모습을 랑이에게 보여 주면 여러 가지 의미로 곤란해진다고요!

"모, 못 봤어."

다행이 나래도 나와 비슷한 생각을 한 것 같다.

"그러하느냐? 으음…… 어디 갔는지 모르겠느니라."

"그, 그러게?"

"그런데 나래야."

"왜?"

"얼굴이 빨간데, 어디 아프느냐?"

얼굴이 빨개졌다는 건 혈액 순환이 격렬히 이루어지고 있다는 뜻이다. 그 말은 곧, 몸에 열이 올라간다는 뜻이지.

내 짧은 지식에 기대서 생각해 보면 말이야.

그게 맞든 틀리든 내가 하고 싶은 말은 말이지.

나래의 치맛자락 아래에서 살과 살을 맞대고 있는 나까지 열이 오르고 있다는 거다.

랑이에게 이런 이상한 꼴을 들킬지 모른다는 긴장감과 나래의 부드러운 살결에서 올라오는 뜨거운 열기 때문에 말이야.

아, 그래도 뭔가 좋은 냄새가 나서 마음이 진정되면서 살짝 눈이 감기려고…… 하는 게 아니지!

지금 이런 상황에서 잠이 옵니까?!

“괘, 괜찮아. 아마 햇볕을 많이 쬐서 그런가 봐.”

“그러하느냐?”

“그, 그래!”

“으냐아…… 그래도 걱정되느니라.”

느낌이 안 좋다. 들리는 소리로 봐서는 착한 마음씨 가득한 랑이가 이쪽으로 다가와서 열이라도 재 볼 기세야! 지금이야 소파 때문에 가려지고 있지만 그때는 내가 지금 무슨 꼴인지 들키게 된다!

그 일만은 막아야 한다고 생각했을 때.

“그러고 보니 랑이야!”

나래가 화급하게 말했다.

“왜 그러느냐?”

“아까 성훈이가 잠깐 산책 갔다 온다고 했었어! 응! 그러니까 기다리지 말고 낮잠 자고 있으라고 했던 게 이제야 기억났네!”

좋았어, 나래야!

그렇게 생각했을 때.

킁킁, 랑이가 바둑이처럼 냄새를 맡았다.

“응? 성훈이 냄새가 아직 집 안에 가득한데 밖에 나갔단 말이느냐?"

내 등과 나래의 허벅지에 식은땀이 흘러내렸다.

……이거 잘못했다가는 눈이 아니라 코로 들키겠는데?

하지만 나래도 나래였다.

"얘, 얘는? 계속 성훈이하고 같이 있었으니까 그렇게 느껴지는 거지. 거기다 나간 지 얼마 안 됐으니까."

"그런 것이느냐?"

"응. 그런 거야."

"음…… 알겠느니라."

랑이의 목소리만 들어 보면 뭔가 마음속에 걸리는 게 있는 것 같다.

"그러면 나는 낮잠 자러 가 볼 테니, 성훈이가 돌아오면 너무 무리하지 말고 한 숨 코~ 자라고 말해 주거라, 나래야."

"응. 알았어. 잘 자, 랑이야."

……일단 급한 불은 끈 것 같지만, 나는 꼼짝도 하지 않고 현재 상황을 유지했다.

그렇게 잠시.

탁, 하고 문이 닫히는 소리가 들리는 것과 동시에 치맛자락이 들어 올려졌다.

"나와."

"응."

다시 소파에 제대로 앉자.

""휴우……""

누가 먼저라고 할 것 없이 동시에 한숨이 나왔다.

안도감이 찾아오며 긴장이 풀리자 나도 모르게 몸이 느슨~해지게 됐다.

"……이번이 끝인 줄 알아."

그래서 나래의 질문에 바로 대답하지 못했고, 그 대신 생각을 하는 시간을 가질 수 있었다.

"응."

지금 와서 생각해 보면 나한테도 꽤나 위험한 일이었으니까. 나래가 부끄러워하지만 않았어도 바로 역사가 이루어져도 이상하지 않을 만한 상황이었다.

천운이 겹쳤지…….

나래는 수치심이, 나는 장난기가 더 강했으니까.

그 사실을 나래가 눈치채기 전에 나는 화제를 돌리려고 했다.

"그리고."

문제는 내 소꿉친구는 언제나 나보다 한 발자국 앞서 있다는 점이다.

"아야랑 있었던 일, 신경 쓰지 않아도 돼."

완전히 선수를 빼앗겨 버렸네.

이래서야 아야에게 했던 '힘들어진다.'라는 말의 뜻을 물어보기 힘들다.

"내가 어떻게 신경을 안 써?"

그렇다고 포기할 생각은 없지만.

"내가 사랑하는 연인과 딸의 사이가 서먹해…… 왜 그러는데?"

조금 느끼한, 제삼자 입장에서는 역겨운 말투였다는 건 나도 안다.

하지만 나래야.

그렇다고 이게 그렇게까지 경악할 필요까지 있는 거니?

"지금 설마 중의적인 표현으로 말한 거야?"

다른 의미로 놀란 것 같다.

"……그런 거 가지고 놀라지 마."

이리저리 치이고 구르다 보니까 이 정도는 할 수 있게 됐다고.

살짝 기분이 상해서 뚱하니 바라보자니, 나래가 윙크를 하며 말했다.

"농담이었어."

응. 화가 풀렸다.

"그래도 내 말은 진심이야. 너는 이번 일에 웬만해서는 신경 쓰지 말아 줬으면 해."

덕분에 다시 대화의 주도권을 빼앗겼지만.

"……왜?"

설마 나래가 그럴 일은 없겠지만 집 안의 기강을 세우기 위해서라든가, 서열을 확실하게 정리하기 위해서라든가, 그런 건 아니겠지?

"직접 봐 봐."

그렇게 멍청한 생각을 하고 있는 내게, 나래는 가슴골에서 접이식 손거울을 꺼내서 나를 비쳐 보였다.

그리고 난 어렸을 때는 입에 담지 못했던 말을 꺼낼 수 있을 정도로 어른이 되어 있었다.

"으악! 악마가! 악마가 거울 속에 있어!"

"……."

몸을 뒤로 빼며 두 팔로 얼굴을 가린 나를 무시무시한 눈으로 노려보는 나래를 보니, 아무래도 지금 장난칠 분위기가 아니었나 보다.

"알았어."

나는 거울 안의 나를 보았다.

평소와 별 다를 게 없네.

"……뭐가 문젠데?"

나래가 자신의 아랫입술에 손가락을 대며 말했다.

"……거짓말은 아닌 것 같고."

"통하지도 않잖아."

"그걸 알면서도 하니까 그렇지."

깨갱.

꼬리를 내리고 있는 나를 보며, 나래가 작은 한숨을 쉰 뒤 말했다.

"정말 모르겠어?"

나는 고개를 끄덕였다.

나래가 손거울을 접어서 다시 가슴골 사이에 넣으며 말했다.

"일단, 너. 피부가 많이 상했어."

"……피부에 신경 쓰지 않은 채 17년 동안 살아왔으니까 당연한 거 아닐까."

나는 화장품을 쓰지 않으니까. 쓴다고 해도 겨울에 스킨 정도만 바른다.

"내가 신경 쓰고 있다고."

……어떻게요? 제가 잠들어 있는 사이에 와서 팩이라도 해 주고 사라지십니까?

그에 대해 묻기 전에 나래가 먼저 말을 이었다.

"안색도 안 좋아졌고."

그야, 요 며칠 잠을 자는 시간을 조금 줄이긴 했으니까.

하지만 이런 경우는 옛날에도 있었다. 그때는 세현이 내게 알려 줬던 새로운 세계를 탐험하기 위해서였지만, 지금은 그때보다 훨씬 건설적인 이유가 있었지.

덕분에 바캉스도 올 수 있었고.

그건 그렇고, 다들 너무 과보호가 심한 거 아니야? 내가 좀 지치긴 했지만, 이 정도는 하룻밤만 푹~ 자면 괜찮아질 텐데 말이야. 10대의 불끈불끈…… 이 아니라, 끝없는 체력을 우습게 보면 안 된다고.

하지만 나를 걱정해 주는 나래에게 그런 말을 할 정도로 바보는 아니다.

"걱정해 줘서 고마워. 안 그래도 오후에는 나도 푹 쉴 생각이었어."

"그래?"

나래가 한층 밝아진 목소리로 말했다.

"그러면 아야와의 일은 신경 쓰지 말고 들어가서 쉬어."

……우와.

이제는 대화의 주도권을 빼앗긴 정도가 아니라 반박할 수 없는 흐름이 되어 버렸다.

"어, 저기, 나래야."

"응?"

"지금 설마 노린 거야?"

나래가 어린아이 같은 순진한 미소를 지으며 두 뺨에 검지를 대고 코맹맹이 소리를 냈다.

"나래는 성훈 아찌가 무슨 말을 하는지 잘 모르겠어용~"

"……."

아니, 귀엽지만.

애교 부리는 게 귀엽긴 하지만.

어떻게 해야 할지 몰라 뇌가 살짝 굳어 버리고 말았다.

내가 아무런 반응이 없으니, 나래도 그 자세 그대로 굳어 버렸고.

"……저기, 성훈아. 뭐라고 아무 말이라도 해 줄래? 응?"

그 모습이 심히 안타까워 나는 나래의 머리를 쓰다듬어 주었다.

"……귀여웠어, 나래야."

"……고마워, 성훈아."

그 어느 때보다 어색한 분위기가 우리 둘 사이를 감돈다.

하지만 내게 있어 이건 운 좋게 찾아온 기회다.

"그래서, 나래야."

이 어색한 분위기를 풀기 위해서라도 나래가 내 이야기에 귀를 기울일 수밖에 없을 테니까.

"어쨌든, 성훈아. 그 일은 걱정하지 마. 내가 알아서 할게."

그리고 내가 생각할 수 있는 건 보통 나래도 생각할 수 있다는 게 문제지.

다시 한 번 치고 나갈까?

하지만 나래가 지금처럼 떼를 쓰듯 억지로 자신의 의견을 밀어붙이는 건 정말 드문 일이다.

……으음.

내 입장에서는 왜 나래가 아야에게 힘들어진다는 말을 했는지 알고 싶다. 그 속에 담긴 뜻을 알고 싶다. 그를 통해 나래가 왜 둘이서 이번 일을 해결하고 싶어 하는지도 알고 싶다.

무엇보다 아야에게 나래의 마음을 알려 주고 화해의 장을 내 손으로 마련해 주고 싶다.

하지만…….

다르게 생각하면 그건 내 욕심이 아닐까?

이 일에 반드시 내가 나설 필요는 아직까지 없다. 나래와 아야가 감정이 상해서 서로 얼굴도 보지 않으려는 것도 아니고.

그렇다면 나래와 아야가 풀어 나가는 게 놔두는 것이 가장 좋을 수도 있다. 만약, 둘이서 수습이 안 되면 그때 내가 도와줘도 되는 일이니까.

……하지만 그럼에도 나는 마음 한구석의 불안감을 지울 수 없었다.

그 이유를 모르겠지만.

"……나래야, 정말 괜찮겠어?"

그렇기에 나는 나래의 뜻을 존중해 줄 수밖에 없었다.

감정을 숨기는 거에는 재주가 없는 나이니 만큼, 불안해하는 기색이 그대로 드러났겠지만.

나래 역시 그걸 눈치챘는지, 엄지로 자신을 가리키며 말했다.

"걱정하지 마. 너하고 내가 어떻게 친해졌는지 알잖아."

나는 사실을 말했다.

"……대판 싸우면서 친해졌지."

나래가 얼굴을 붉히며 목소리를 높였다.

"그 다음이 더 중요했잖아!"

나는 고개를 끄덕였다.

"그렇긴 하네. 그 다음부터 네가 스토커처럼 굴었던 게 큰 계기가 됐으니까."

"……그렇게 말하기야?"

나래가 살짝 삐친 것 같다.

"미안, 농담이었어."

나는 나래에게 사과를 한 뒤 말을 이었다.

"그러면 이번에는 난 지켜보기만 할게."

"고마워, 성훈……."

"옆에서."

"……아?"

그 이유를 알 수는 없지만, 무언가 불안한 건 사실이다. 그리고 나는 지금까지 온갖 고난과 역경을 겪으며 단련된 내 감을 믿는다.

……물론 이런 이유로 나래를 설득할 생각은 아니다.

“나도 너한테 모두 맡기고 싶긴 한데, 낮에 아야하고 약속을 했거든.”

“약속?”

나는 고개를 끄덕였다.

“너와 화해할 때, 옆에 있어 주겠다는 약속.”

아야를 도와준다는 약속.

나는 그 약속을 깰 생각이 없다.

나는 나래를 똑바로 바라보며 생각했던 것을 그대로 입에 담았다.

“아야하고 한 약속을 깰 수는 없어서 말이야.”

나래는 잠시 고민에 잠기더니 고개를 끄덕였다.

“알았어.”

“그러면…….”

아야를 불러올까 했을 때.

“단.”

나래가 말했다.

“조건이 있어.”

……응?

휴양지에서의 작은 다툼 이야기

늘어지게 낮잠을 자고 일어났을 때, 이미 해는 뉘엿뉘엿 넘어가고 있었다.

……생각보다 훨씬 피곤했나 보네. 한두 시간만 잘 생각이었는데 말이야.

"으하아아암~"

그것보다 신기하게 랑이가 안 보이네. 평소라면 은근슬쩍 자고 있는 틈을 타서 기어들어 오는 경우가 많은데. 가끔 랑이 때문에 자다가 깨는 경우도 있고 말이야.

……천벌받을 소리라는 건 아는데, 잠은 혼자 자는 게 가장 편하다. 물론 정서적인 면에서는 같이 자는 게 좋지만 말이야.

어쨌든, 이것으로 나래가 내세운 첫 번째 조건을 달성했다.

당장 자러 가는 게 조건이었거든. 나도 한숨 잘 생각이라 그대로 따랐고.

생각보다 깊이 잠들었던 건 예상 밖이었지만.

"으……."

낮잠을 너무 잤는지, 침대에서 내려오려고 할 때 살짝 현기증이 일었다. 그대로 뒤로 쓰러졌다면 에라, 모르겠다~ 하고 잠에서 깬 뒤의 5분을 50분 동안 즐길 수 있었겠지만.

"……일어나야지."

지금은 그럴 때가 아니니 나중으로 미루자.

나는 간단히 세수만 한 뒤 방에서 나왔다.

"깼어?"

방문 앞에 나래가 서 있었다.

"응? 어?"

나래가 왜 여기 있지? 설마 내가 깰 때까지 여기서 기다린 건 아니겠고, 그냥 지나가다가 우연히 만난 거겠지? 하지만 그런 것 치고는 너무 딱 맞아떨어진 것 같은 느낌인데?

당황한 내게 나래가 살짝 웃으며 말했다.

"네가 잠에서 깨면 내가 알 수 있도록 요술을 걸어 놨어."

"……그런 것도 가능해?"

"얘는? 이 정도는 할 수 있어야지 곰의 일족 수장을 하지."

그렇습니까?

요괴의 왕은 아무것도 못해도 할 수 있는데 말이죠.

뭐, 랑이와 성의 누나와 세희와 나래가 있으니까 괜찮지 않나 싶지만, 슬슬 나도 간단한 선술 정도는 배워야겠다는 생각도 든단 말이지.

"그러면 괜찮을까? 졸리면 더 자도 괜찮은데."

미래의 일을 생각하고 있는 나를 나래가 현실로 되돌렸다.

"아니, 괜찮아."

"알았어. 그럼 가자."

나는 나래의 손을 잡은 채, 뒤를 따라갔다.

나래가 향한 곳은 아마도 아야의 방인 것 같았다. 문에 아야의 이등신 그림으로 만들어진 명패가 달려 있었거든.

아야는 이렇게 귀엽게 만들어 줬으면서 왜 나는 그런 변태 같은 그림으로…….

"아야야, 안에 있어?"

그건 나중에 당사자에게 따지자.

나래가 노크를 하며 부르자, 방 안쪽에서 쿠당탕 하는 소리가 들려왔다.

"끼잉!!"

동시에 어딘가 아프게 들리는 아야의 신음 소리도 말이야.

깜짝 놀라서 침대에서 굴러떨어지기라도 한 건가. 아니면 급하게 움직이다 책상이나 의자에 새끼발가락을 찧었나?

……생각만 해도 내가 다 아프네.

나는 걱정이 가득한 마음을 담아 말했다.

"야, 괜찮아?"

"괘, 괜찮아, 이 허둥아!"

허둥지둥 대고 있는 건 네가 아닐까 싶지만 말이야.

지금도 방 안에서 뭔가 콩콩이나 데굴거리는 소리가 들리고.

나래도 이런 일은 예상하지 못했는지 살짝 난색을 표하며 안을 향해 말했다.

"……열어도 돼?"

방안에서 급해 보이는 아야의 목소리가 들려왔다.

"자, 잠깐만, 이 미안아!"

뭔가 안쪽에서 허둥지둥하는 느낌이다.

방이라도 치우는 건가? 그 전에 치울 게 있어? 바로 오늘 왔잖아?

그런 생각을 하고 있을 때.

끼이익.

문이 안쪽으로 살짝 열리고 아직 표정을 찡그리고 있던 아야가 고개를 빼꼼 내밀었다.

"들어와도 돼."

그리고 나래의 눈치를 살피며 그대로 있었다.

나래가 어색한 미소를 지었고, 나는 답답한 마음을 그대로 행동에 담았다.

"키이잉?!"

문을 벌컥 닫아 버린 거다.

"성훈아?"

나래가 고개를 돌려 나를 어이없어 하며 바라보았다.

나는 어깨를 으쓱하며 손가락으로 아야의 방을 가리켰다.

그리고 바로.

"무슨 짓이야, 이 깜짝아?!"

꼬리를 새빨갛게 물들인 아야가 활짝! 문을 열었다.

"……정말, 잔머리는 잘 돌아가요."

나래는 이마를 부여잡고 못 살겠다는 듯 한숨을 쉬었지만, 나는 미소로 답한 뒤 아야에게 말했다.

"그럼 들어간다~"

"그럴 거면 문은 왜 닫은 건데, 이 엉뚱아?!"

그러게 누가 문을 그렇게 열래?

방 안에 들어가자 아야가 뭘 하느라 그렇게 허둥지둥했는지 알 수 있었다. 그리고 아야의 꼬리가 단순히 내가 한 행동 때문에 붉어져 있던 것만은 아니라는 사실도.

방마다 인테리어가 다른 건지, 아야의 방은 한옥의 형태를 따르고 있었다. 그렇다고 해서 방 한구석에 등잔이 있고 문 안쪽에는 창호지가 붙어 있다거나 그런 건 아니다. 내 방과는 달리 침대가 없고 그 자리에 나전칠기장이 있다거나, 넓은 방 바닥에 세 개의 개인상이 삼각형처럼 놓여 있다거나 그런 의미로.

그리고 개인상 위에는 간단한 다과와 김을 뿜고 있는 녹차가 있어다.

아마도 아야가 조금 전에 끓인 게 아닐까 싶다.

여우불로.

……에너지 부족은 요괴들의 도움으로 해결할 수 있지 않을까. 집에 돌아가서 나래를 통해 정부와 협상 테이블을 만들어 봐?

"차린 건 없지만 일단 앉아, 두근두근아."

나는 아야의 말대로 상 앞에 앉았다. 평소였다면 바로 약과를 입에 물었겠지만, 지금은 조금 참아야겠지.

나는 나래와 아야가 자리에 앉는 걸 확인한 뒤, 아야에게 말했다.

"올 거 알고 있었나 봐? 이런 것도 준비해 놓고."

아야가 입을 삐죽이며 말했다.

"그 나쁜 귀신이 준비해 준 거야."

세희가? 그 녀석답지 않게…….

"아빠의 최후의 만찬이라고 하면서."

"……그러냐."

그 녀석답군.

하지만 뭐 어떤가. 마침 단 게 먹고 싶기도 했고, 내가 지금 당장 할 건 이야기를 듣는 것밖에 없는데.

나래의 조건 두 번째.

내가 대화에 끼어드는 건, 육체적인 다툼이 일어날 것 같은 상황에 한한다.

그걸 지키기 위해서라도.

"그, 그래서 왜 왔어……?"

약과 맛있구먼~ 입에서 살살 녹네~

"……같은 말이 이상한 건 나도 알아."

바로 나래에게 말을 하는 걸 봐서, 내가 딴청을 부리는 걸로 대강 상황을 파악한 것 같다.

내가 제삼자의 입장으로 이곳에 있다는 걸 말이야.

"응."

나래가 살짝 고개를 끄덕인 뒤, 아야에게 말했다.

"먼저 아야한테 해야 할 말이 있어."

"미안하다는 말은 안 해도 돼, 이 상냥아. 오히려 내가 언니야한테 사과해야 하니까."

눈을 내리깔고 손가락을 만지작거리면서 아야가 말을 이었다.

"미안해, 나래 언니야. 언니야한테 이상한 말을 해서."

"괜찮아, 아야야. 오히려 내가 그때 언니답지 못하게 화를 내서 미안한걸."

훈훈하다, 훈훈해.

이렇게 끝나면 정말 좋겠지만, 나는 알고 있다.

이건, 그래. 권투로 치면 경기가 시작되자 양 선수가 서로의 글러브를 툭 친 것과 다름없다는 것을.

그런 내 예상과 같이 훈훈한 분위기는 순식간에 사라지고, 그 자리를 채운 것은 날이 선 긴장감이었다.

"흥. 하지만 확실히 하고 넘어갈 건 있어, 이 우월아."

"다행이다. 나도 아야하고 아직 해야 할 이야기가 있었거든."

응.

삼각형 구도로 상이 차려져 있어서 다행이다. 중간에 껴 있었다면 도망치고 싶었을 거야.

나래가 말했다.

"아야가 먼저 말할래?"

"먼저 말해도 돼, 이 꿍꿍아."

"알았어."

"키잉?"

아야의 양보에 나래는 한 치의 고민 없이 대답했고, 아야가 눈을 동그랗게 뜬 걸 보니 조금 예상외였나 보다.

그런 생각은 나래가 한 말에 머릿속에서 지워졌지만.

"내가 너한테 화가 났던 건, 질투심 때문이 아니었어."

아니, 그때는 질투심 때문이라고 말씀하셨잖아요?

나와 같은 생각을 했는지 아야가 입을 열려고 했지만.

"끝까지 들어줘."

아야는 입에 물결을 만들면서도 일단 참았다.

"아야가 성훈에게 수영복 차림으로 스킨십을 한 거에 대해서 질투가 든 건 맞아. 하지만 내가 화가 난 건 그 다음의 일 때문이었어."

"……킁."

아야가 풀 죽은 소리를 내며 말했다.

"그건 나도 말이 심했다고 생각하고 있어, 언니야. 하지만……."

나래가 고개를 저었다.

"아니야, 아야야. 넌 지금 내가 그때 화를 냈던 이유의 본질을 모르고 있어."

아야의 꼬리가 살짝 붉어졌다.

"무시하는 거야?"

"사실을 말했을 뿐인데?"

아야의 등 뒤로 살짝 공기가 일렁이는 걸 보니 조금만 더

화가 나면 여우불이 튀어나오겠군.

하지만 나래는 표정 변화 없이 아야를 바라보며 말을 이었다.

"그때 내가 성훈이가 너를 여자로 보면 힘들어진다고 말했지?"

"그건 나한테 질투가 나서 그런 거였잖아, 이 속좁아!"

"……."

나래는 잠시 숨을 들이 마신 뒤, 내셨다.

……밥상 엎으시려는 건 아니시죠, 나래 님?

그런 내 생각과 달리 나래는 아야를 향해 손을 뻗었다.

"키이잉?!"

나래가 갑자기 실력 행사에 나설 줄 몰랐던 아야는 꼼짝없이 그대로 목을 잡혔고.

"잠깐, 나래…… 야?"

깜짝 놀라 만류하려던 나는 나래가 한 행동을 보고 상황을 이해하기 힘들어졌다.

"……무슨 짓이야?"

나래는 아야의 목걸이를 풀었을 뿐이니까.

펑! 하고 아야가 어른이 된 것을 확인한 나래는 어딘가 만족스러운 미소를 짓고는 다시 엉덩이를 방석에 댄 후 말했다.

"요괴들은 아이일 때하고 어른일 때하고 약간의 차이가 있잖아? 지금 내가 하는 이야기를 이해하려면 어른 모습으로 있는 게 좋을 것 같아서 그랬어."

아야가 살짝 이를 드러내며 말했다.

"목걸이 정도는 나도 풀 수 있단 말이야, 이 깜짝아!"

하지만 아야의 불만에도 아무런 대답도 하지 않는 나래의 태도는 평온 그 자체였다.

……내 착각이었지만.

"키잉?"

나래에게 다시 한 번 쏘아붙이려던 아야도 그 낌새를 읽었는지 살짝 안색을 굳혔다.

"후우……."

나래가 살짝 아랫입술을 깨문 뒤, 말했다.

"먼저, 너. 내가 그때 말한 힘들어진다, 라는 말이 무슨 뜻인지 모르지?"

"그걸 왜 몰라, 이 헛다리야? 당연히 언니야가 나한테 성훈을 빼앗……."

"아니야."

아야가 귀를 쫑긋 세우며 외쳤다.

"아직 말 안 끝났어!"

"미안해. 그래도 듣고 있자니 하도 어이가 없어서 말이야."

"키이이잉?! 뭐가 어이없는데?"

나래가 입가를 올렸다.

"성훈이가 어떤 애인지도 모르는 너한테, 내가 성훈이를 빼앗길 것 같아?"

……우와, 무서워. 예전 일이 떠올라서 몸이 떨릴 지경이다.

나는 따듯한 녹차를 마시려다 내려놓았다.

아야가 여우불을 띄웠거든.

“지금 내가 성훈이 어떤 사람인지 모른다고 한 거야? 아무리 나래 언니야라고 해도 지금 말은 도를 넘은 거 알아?”

나래가 한쪽 입 꼬리를 슬쩍 올리며 말했다.

“이런 상황에서도 언니라고 불러 주는 거는 고맙지만, 아야야. 지금 네가 그럴 여유가 있을까?”

나래의 명백한 도발에 아야가 벌떡 일어나며 소리쳤다.

“캬아아앙! 그래! 나도 지금은 언니야라고 안 부를 거야!”

흥분한 아야와 달리 나래는 느긋하게 녹차 한 잔을 마신 뒤 말했다.

“응. 그래도 일단 앉아 줄래? 여기는 우리 둘만 있는 것도 아니잖아? 성훈이 앞에서 싸우고 싶어?”

이미 싸우고 있었지만, 입 다물고 있자.

불똥 튀랴.

“크으으응!”

힐끗 나를 본 아야가 입술을 삐죽거리며 자리에 앉아서 말했다.

“나래 언…… 나래가 조금 전에 한 말. 그럴 만한 이유가 없으면 그때는 나도 진짜 화낼 거야.”

“응. 그때도 네가 나한테 화를 낸다면, 내가 사과할게.”

나래가 말했다.

“그 전에 이야기를 계속하면, 나는 너한테 성훈이를 빼앗길 것 같아서 그런 말을 했던 게 아니야. 오히려 그건 너를 위한 조언이었어.”

"이상한 말 하지 마, 이 질투쟁이야."

살짝 한숨을 쉰 나래가 가슴에 손을 얹고 이쪽을 보았다. 아무리 조심해도 튈 불똥은 튀게 되는 건가.

하지만 내 걱정과 달리 나래는 애정이 가득 찬 시선을 내게 보내며 아야에게 말했다.

"성훈이를 사랑하는 내 마음에 걸고 맹세할게. 나는 질투심에 사로잡혀서 너에게 그런 말을 한 게 아니야."

"……."

나래의 진실한 맹세에 아야가 살짝 흥분을 가라앉혔다. 살짝 접힌 귀와 아래로 내려간 꼬리를 보면 알 수 있지.

"……그게 어떻게 조언이 되는 건데, 이 궁금아?"

나래가 말했다.

"그 질문에 답하기 위해서 한 가지 물어볼게, 아야야. 만약에 성훈이가 너를 이성으로 여기게 되면 어떻게 될 것 같아?"

지금까지의 험악한 분위기는 어디 갔는지, 슬쩍 나를 훔쳐본 아야의 얼굴에 다른 의미의 홍조가 들었다.

이내 표정 관리를 한 뒤 고개를 돌렸지만.

"지금보다 뜨거운 관계가 될 게 뻔하잖아."

"정말 그럴 것 같아?"

서슬 어린 칼날 같은 나래의 목소리에 아야가 고개를 갸웃거렸다.

"크으응? 당연한 거 아니야?"

"그래?"

나래가 말했다.

"유치원 때부터 좋아했던 여자애한테 고백 한 번 못 하고, 같이 가자고 손만 잡아도 얼굴이 새빨개져서 도망치고, 지하철에서 실수인 척 몸을 밀착시키면 정색을 하면서 그 사실을 언급한 뒤 미안하다고 사과한 다음에 거리를 벌리고, 주말에 같이 영화를 보러 가면 혹시라도 손이 닿을까 두 손을 가지런히 허벅지 위에 올려놓고, 같이 먹기 위해 산 팝콘도 거들떠보지 않는 주제에 영화 보는 내내 곁눈질이나 하고, 아무도 없는 집에 놀러 와서는 이 기회에 모자란 영양분을 저장해 놓아야 한다면서 폭식했다가 숨만 쉬다 돌아가고, 같이 계곡이라도 놀러 가자고 하면 아버님 식사 준비해 드려야 한다고 거절하고, 그래서 가족끼리 놀러 가자고 하면 아버님 원고가 진행 안 됐다고 갈 수 없다고 하고, 그래서 내가 집에 놀러 가면 어떻게 하면 요리나 청소를 잘할 수 있는 지나 물어본 뒤 그걸 실천하느라 나한테는 신경도 안 쓰고, 하다하다 안 돼서 내가 너무 적극적이었나 싶어 거리를 두니까 안절부절못해서, 내가 화가 났는지, 무슨 일이 있었는지는 물어보면서 결국 같이 놀러가자는 이야기는 한마디도 안 했던!"

히이익!

"그 강성훈이!"

으아아아아!!

"그 강성훈이 너하고 정말 뜨거운 관계가 될 것 같다고 진심으로 생각하는 거야?!"

사, 사람 살려.

"잘 들어, 아야야! 성훈이는! 저 인간은! 자기가 좋아하는 여자한테는 혹시라도 미움받을까 봐 평소에는 쓰지 않는 머리를 최대한 써서 모든 행동을 조심하는 겁쟁이 중의 겁쟁이란 말이야!"

"……."

아야가 나를 바라보는 시선이 쓰레기를 보는 시선으로 변했다.

마, 마음이 아프다.

하지만 나한테도 변명할 거리가 있다.

어, 그때는, 그, 뭐냐. 응, 그래. 그러니까 서로가 서로를 좋아한다는 걸 몰랐으니까 조심, 또 조심을 했던 거다. 나는 정말 나래를 좋아했으니까. 정말 놓치고 싶지 않았으니까. 사소한 실수로 미움받고 싶지 않았으니까.

단순한 겁쟁이가 아니라 신중했던 거라고!

지금 당장 아야가 하고 있는 오해를 풀어야 해!

"저기, 나……."

천사와 같은 미소를 짓고 있지만 그 내면에는 모든 것을 잿더미로 만들 것 같은 지옥의 불길을 품고 계신 나래 님께서 말씀하셨습니다.

"성훈아?"

"옙."

"조건, 잊지 마."

나는 두 손으로 입을 막았다.

일단 살아야 오해를 풀든 말든 할 거 아니겠어?

하지만 내가 변명을 하려고 했다는 점에서 아야도 뭔가 깨달은 것 같았다.

"잠깐만, 이 흥분아."

나래의 시선을 받아 움찔 떤 아야가 조심스럽게 말을 이었다.

"그건 성훈이하고 너, 너…… 나래 언니야하고 서로 좋아하는 사이라는 걸 몰라서 그랬던 거잖아?"

그래, 아야야!

그거야! 내가 하고 싶었던 말이 그거라고!

속으로 우리 이쁜 딸내미를 응원하고 있자니.

"하……."

나래가 어딘가 허탈한, 그리고 가당치도 않다는 숨을 뱉어냈다.

"왜 그러는데, 이 무섭아?"

조금 전이라면 발끈했을 아야였지만, 나래가 토한 기염을 보았기에 조심하기로 한 것 같다.

"아야는 내가 말한 성훈이하고 지금의 성훈이하고 달라진 게 있다고 생각해?"

"……."

왜 거기서 고민하는데?

난 옛날하고 많이 달라졌다고! 거기다 지금은 그럴 수밖에 없는 이유가 있잖아!

"내가 요즘 너무 적극적이라서 성훈이가 수동적으로 행동한다고 생각한다면."

그런 내 생각을 읽었다는 듯이 나래가 말했다.

아야가 아닌 나를 바라보면서.

"성훈이가 성의 언니에게 하는 행동을 떠올려 봐."

"크으응……."

"아야도 알고 있지? 성훈이 언제나 스킨십에 조심스러웠다는 걸."

……그, 그건 조심스러운 게 아니라 가정의 안전과 평화를 지키기 위해서 선을 긋는다고 해야 하는 게 아닐까요.

"응."

아야는 고개를 끄덕였지만.

"그래서 나는 너를 말리고 싶었던 거야."

"키이잉?"

나래가 말했다.

"아야야. 너, 감당할 수 있겠어?"

"……."

"성훈이가 너를 **여자**로 느끼게 돼서, 같이 목욕도 안 하려고 하고, 자기가 먼저 끌어안아 주지도 않고, 무릎 위에 앉혀 주지도 않고, 애교도 안 받아 주고, 스킨십을 하면 피하는 등. 네가 성훈이의 양녀였기 때문에 주어졌던 모든 것들을 잃어버려도, 너는 정말 괜찮겠어?"

"꼭 그럴 거란 보장은……."

"있어."

"……."

"똑똑한 아야라면 이미 눈치챘을 거야. 현재의 성훈이가 성의 언니를 대하는 모습과 과거의 성훈이가 나를 대했던 모습이 조금도 다르지 않다는 걸 알고 있으니까."

나래는 딱 잘라 말했고, 아야는 반론하고 싶은 눈치였지만 주먹을 꼭 쥔 채 아무 말도 하지 않았다.

"장담하는데 성훈이는 얇지만 하늘이 무너져도 넘지 않을 선을 너와 자기 사이에 그을 거야. 나를 단순한 소꿉친구가 아닌 이성으로 여겼을 때도 그랬으니까."

대답하지 않는 아야에게 나래가 말했다.

"나는 그게 너무 힘들었어. 어렸을 때는 아무렇지 않게 같이 놀던 성훈이가, 나이가 들면 들수록, 성(性)에 눈을 뜨면 뜰수록 예전과 달리 나를 조심스럽게 대하던 모습에 견딜 수 없이 힘들었어. 물론 알아. 성훈이가 나를 정말 소중히 여기기 때문에, 자신의 마음이 단순한 성욕인지 혹은 정말 나를 좋아하는 순수한 마음인지 알고 싶다는……."

나래가 갑자기 빛이 사라진 눈으로 먼 곳을 바라보았다. 하지만 이내 그 빈자리를 차지한 것은…….

분노?

"사람의 마음이라는 건 육체적인 것과 정신적인 것에 모두 영향을 받는다는 걸 알고 있는 내 입장에서는, 정말 바보 같은 이유로 거리를 벌렸다는 건 알고 있었어. 하지만 그 시절이 나에게는 정말 견딜 수 없을 정도로 힘든 일이었던 건 사실이야. 떠올리는 것만으로도 아무것도 모르고 있던 저 바보한테 화가 치밀어 오를 정도로."

나래가 숨을 고르는 것으로 겉으로 드러난 분노를 다스린 뒤.

안타까워하는 눈빛으로 아야를 바라보며 말했다.

"그래서 나는, 내가 겪었던 경험을 바탕으로 너한테 조언을 해 주고 싶었던 것뿐이야."

아야가 힘들어할 게 눈에 선했기 때문에.

"지금은 양부와 양녀의 관계를 유지하는 것으로 만족하는 게 어떠냐고."

자신이 정말로 하고 싶었던 말을 끝낸 나래는 깊은 숨을 내쉰 뒤.

"내가 하고 싶었던 이야기는 이게 끝이야."

자신의 이야기에 마침표를 찍었다.

그리고 공백.

방 안은 침묵만이 남게 되었다.

평소였다면 내가 나서서 입을 열었겠지만, 지금은 그럴 수 없다.
지금은 아야가 결론을 내리는 것을 기다려 줄 때니까.
그렇게 얼마나 시간이 흘렀을까.
"알겠어."
이야기의 주역이 기나긴 고뇌 끝에 입을 열었다.
"나래 언니야의 말이 사실이라는 건 나도 알겠어. 성훈이는 나래 언니야가 말했던 것처럼 겁쟁이니까."
각오가 다져진 목소리로.
"**아빠**는 목욕할 때 내 알몸을 보고도 부끄러워하지 않거나, 가슴이나 엉덩이나 허벅지도 아무렇지 않게 씻겨 주면서도, **성훈이**는 내가 여자로서 한 발자국 다가서려면 두 발자국 물러나려고 하곤 했으니까."
진심을 다해.
"아빠가 아닌 성훈이가 나를 여자로 바라보게 되면 힘들어진다는 걸 가르쳐 줘서 고마워, 언니야. 그렇게 되면 더 이상 지금처럼 지낼 수 없다는 걸 가르쳐 줘서 고마워. 하지만 그게 무서워서, 성훈이하고의 거리가 멀어지는 게 무서워서 언제까지나 아빠의 딸로 남아 있을 생각은 없어."
선언하듯 말했다.
"난 아빠도 성훈이도 놓치고 싶지 않으니까. 이런 욕심쟁이인 나를 책임져 준다고 아빠가, 성훈이가 약속해 줬으니까. 내가 만족할 때까지 옆에 있어 준다고 약속해 줬으니까."
자신의 마음을.

"그러니까 나는 괜찮아. 그깟 고통은 참고 견딜 수 있어."
아야의 마음을.

"나는 여자로서 성훈이와 사랑을 나누고 싶으니까!"

아야의 고백에 가슴이 두근거린다.
아마 지금 내 얼굴은 아야처럼 붉어져 있지 않을까 싶다.
"큥! 그건 그렇고!"
콧소리로 분위기를 환기한 아야가 고개를 돌려 나래를 보며 말했다.
"이제 모두 알았으니까 사과할게. 나래 언니야가 나를 걱정해 준 건, 고, 고, 고마워! 그래도! 나도 허투로 2,500년이 넘게 살아온 건 아니야! 그러니까 날 걱정할 필요는 없어! 고맙긴 하지만!"
중요하니까 두 번 고맙다는 말을 한 아야에게, 어딘가 씁쓸한 시선을 향하며 나래가 말했다.
"정말 괜찮겠어?"
"그래!"
"생각보다 정말 힘들 텐데?"
"성훈이한테 사랑받지 못하는 것보다는 나아!"
서로 시선을 주고받은 둘 중, 먼저 눈을 감은 건 나래였다.
"……그래."
나래는 후련하면서도 마음이 복잡한 표정을 지었다.

"그러면 내가 할 이야기는 끝."

아마도 그건 아야의 언니로서가 아닌 나를 좋아하는 이성으로서의 나래가 겉으로 드러난 거겠지.

그럼에도 아야를 걱정하는 마음을 우선시해 준 나래의 마음이 너무나 고마웠다.

……비록 내가 고래 싸움에 새우 등이 터진 꼴이 된 것 같지만 말이야.

그 중 가장 활발하게 움직였던 고래 님께서 자리에서 일어나며 말했다.

"나는 먼저 쉬러 가 볼게. 조금 피곤해졌거든."

아야가 고개를 끄덕이는 것을 본 뒤, 나래가 방을 나섰다.

"휴우……."

문이 닫히는 소리가 나서야, 나는 한숨을 쉴 수 있었다.

다행이네.

처음에 바랐던 대로 나래와 아야의 사소한 다툼이 끝이 났으니까 말이야.

다만.

"……아야야?"

아야가 꼬리고 귀고 새빨개져서 무릎에 고개를 파묻고 있는 이유는 무엇일까.

"왜 그래?"

살짝 걱정이 돼서 아야에게 다가가려고 했을 때.

"키이이이잉!!"

아야가 비명 같은 소리를 지르며, 여전히 얼굴은 무릎에 파묻은 채로 두 손을 휘저으며 내가 다가오는 걸 막았다.

"오지 마! 이리 오지 마, 이 철면피야!"

내가 알기로 철면피라는 말은 염치를 모르고 뻔뻔한 사람이라는 뜻을 가지고 있다.

절대로 나를 지칭할 수 있는 단어라는 말이지.

그래서 나는 당당하게 아야의 옆에 다가가려고 했지만.

"꺄아아앙!"

조금 전까지 허공을 휘젓고 있던 손으로 이번에는 바닥을 기며 잽싸게 뒤로 도망쳤다.

……이러면 아무리 나라고 해도 조금 상처받는데.

살짝 섭섭한 마음을 드러내려고 할 때, 아야가 고개도 들지 못한 채 말했다.

"부, 부, 부, 부."

"……부?"

부와 명예에 관심이 생겼나, 혹은 여우불을 이야기하는 건가 생각하고 있자니.

"부끄러우니까 잠깐 떨어지라고, 이 뻔뻔아!"

……아, 그런 이유였냐.

아무래도 아야는 조금 전에 했던 자신의 열성적인 사랑 고백이 뒤늦게 부끄러워졌나 보다.

그것도 등 뒤에 커다란 여우불을 퐁퐁 띄울 정도로.

심적인 이유로도, 물리적인 이유로도 가까이 다가가면 안

될 것 같군.

"알았어."

읏차.

나는 살짝 저린 다리를 움켜쥐며 자리에서 일어났다.

"그러면 진정된 다음에 보자. 알겠지?"

아야는 그 자세 그대로 고개를 끄덕였다.

자신의 마음을 그대로 드러내는 게 아야에게는 부끄러운 일이었나 보다.

하지만 아야야. 그런 것도 하다 보면 익숙해진다.

……나는 너무 익숙해진 것 같지만.

어찌되었건.

이렇게 나래와 아야와의 사소한 다툼은 끝이 났다.

이제는 마음 편히 남은 이틀 동안 바캉스를 즐기면 되겠구나!

그렇게 하루 종일 은근히 팽팽하게 당겨져 있던 긴장이 풀어지자.

어째서인지 내 의식의 끈까지 풀어지고 말았다.

끝마치는 이야기

눈을 떠 보니 모르는 천장이 보였다.

아니, 알긴 알지만 익숙하지 않은 천장이라고 해야겠지. 거기다 이미 한밤중인지 어두워서 아무것도 보이지 않는다.

지금 몇 시지? 휴대폰은 어디 있더라? 그보다 내가 왜 내 방 침대에 누워 있지? 난 분명 아야의 방에 있었는데?

그런 여러 가지 생각이 들었지만 이상하게 머리가 멍하다. 무거워.

하지만 그것도 잠시. 나는 금세 답을 찾을 수 있었다.

이런 경험이 처음도 아니니까.

"기절했나."

그 이유는 모르겠지만, 아무래도 아야의 방에서 나가려고 할 때 정신을 잃은 것 같았다.

……어쨌든, 일단 불을 켜자.

그렇게 생각하고 몸을 일으키려고 했을 때.

"누워 계시지요."
"아이고, 깜짝이야."
세희가 오랜만에 나를 깜짝 놀라게 했다.
방 안이 너무 어둡다 보니까 세희가 옆에 있던 것도 몰랐네.
그게 아니라면 조금 전까지는 없었을 수도 있고.
"제가 대신 불을 켜겠습니다."
그래도 그게 무슨 상관이냐. 마침 움직이기 힘들었는데 세희가 와 줬으니 잘 됐지.
"어, 그래."
하지만 세희는 내 생각과 달리 형광등을 켜지 않았다. 등잔불을 켜서는 침대 옆에 있는 서랍장 위에 놓았으니까.
어둠에 익숙해져 있다 한들, 사물을 분간할 수 있을 정도의 약한 불빛이라 꽤나 불편하다.
하지만 그에 대한 불만을 말할 때가 아니다.
"궁금한 게 있는데."
"주인님께서 기절하신 이유 말입니까?"
나는 군말 없이 대답했다.
"응."
등잔불 아래에서도 확연히 보이는 한심하다는 듯한 표정을 지으며 세희가 말했다.
"믿기 힘드시겠지만, 과로 때문입니다."
과로.
흔히 제대로 된 휴식 없이 일만 해서 피로가 계속 쌓이고 쌓이는 것을 이야기한다.

"……내가 과로라고?"

"예."

난 아직 십 대인데? 과로로 정신을 잃어? 고작 며칠 동안 잠을 줄이고, 일 좀 더했다고?

그게 말이 돼?

"왜 말이 안 됩니까."

내 생각을 읽은 세희가 싸늘한 목소리로 말했다.

"아야 님께서 그러했듯이, 사람에게는 그 사람만의 그릇이 있는 법입니다. 그 그릇을 넘어서는 것을 채우려고 하면 그릇이 깨지거나, 흘러넘치게 되겠지요."

상당히 상냥하게 말하고 있지만, 해석하자면 이렇다.

네 주제도 모르고 무리했다.

"……그렇게 말씀드린 적은 없습니다만."

힐난하는 듯한 세희의 목소리에 나는 생각을 돌렸다.

"아니, 뭐, 간단하게 말하자면 그렇다는 거고."

그러니까 내가 생각했던 것보다 무리하고 있었다는 말이다.

"……그 정도였어?"

지쳐서 쓰러질 정도는 아니라고 생각하는데.

그런 내 생각을 읽었다는 듯, 세희가 내 궁금증에 답해 줬다.

"주인님께서는 평소의 업무 말고도 신경 쓰는 곳이 많으시니 말이죠. 평소에는 충분한 식사와 수면을 통해 어느 정도 해소가 가능하셨겠지만, 업무량을 늘린 결과. 조금씩 주인님의 정신과 육체에 부하가 생겼고, 그 결과가 지금 주인님의 꼬락서니입니다."

"……그렇게 말할 건 없잖아."

세희의 눈이 한기를 내뿜으며 빛났다.

"안주인님께서 깜짝 놀라서 펑펑 우셨습니다."

"제가 죽을죄를 지었습니다."

"아시니 다행입니다."

다들 걱정했겠네.

내일 만나게 되면 먼저 사과부터 하자. 그리고 신나게 같이 놀면 오늘 있었던 일을 잊어버릴 테니까.

그렇게 내일의 일을 생각하고 있는 내게 세희가 말을 걸었다.

"주인님."

"응?"

"주인님께서 수면 유도제를 드셨을 때, 저는 주인님께 이런 말씀을 드렸습니다."

기억이 떠오르기 전에 세희가 말을 이었다.

그때와 토씨 하나 틀리지 않고 똑같은 말을.

"주인님. 주인님께서는 하나를 포기하고 두 개를 얻을 수 있는 경우와 하나를 얻고 두 개를 포기하게 되는 경우가 있다면, 그 둘 중 어느 쪽을 선택하실 겁니까?"

세희가 내 대답을 기다리는 눈치이기에 나는 다시 한 번 내 생각을 말했다.

"그때도 말했잖아. 당연히 하나를 포기하고 두 개를 얻는다고."

세희가 고개를 끄덕였다.

"그렇습니다. 저 또한 주인님께서 7살 유아의 지능 수준만 갖추고 계신다면 당연히 전자를 선택하실 거라 여겼습니다."

나는 보았다.

흐릿한 빛 아래에서도 너무나 선명히 보이는 세희의 입가가 살짝 올라갔다는 것을.

"하지만 주인님께서는 대답과는 다른 선택을 하셨습니다. 하나를 얻고 두 개를 포기하는 선택을 말이죠. 그를 위해 혀를 깨물려고까지 하셨습니다."

피로로 인해 둔해진 머리였지만, 나는 세희가 지금 무슨 이야기를 하는 지 깨달을 수 있었다.

"그야말로 갈택이어(竭澤而漁). 눈앞의 이익만을 추구하여 먼 앞날을 생각하지 못한다는 뜻을 가진 고사성어의 예시로 쓰여도 이상할 것이 없는 행동이셨지요."

왜냐하면, 그 예시가 지금의 상황과 너무나 맞아 떨어졌기 때문이다.

나를 하루 동안 재우려고 했던 세희의 행동과 말이야!

"잠깐, 너 설마……."

"그 설마입니다."

세희가 말했다.

"주인님의 건강 상태로 보아, 오늘 하루 동안 푹 쉬지 않으시면 과로로 쓰러지실 것이라는 사실을 저는 알고 있었습니다. 그렇기에 조금 강제적으로나마 주인님을 영면. 실례, 숙면을 취하게 만들 생각이었습니다. 해변은 도망가지 않고 주인님의 휴가는 오늘 말고도 이틀이나 남아 있으니까요. 하지만 주인님께서는 저의 갸륵한 마음을 곡해해서 받아들이셨지요."

무슨 말도 안 되는 소리야?!

"야! 네가 제대로 사정을 설명했으면 몰라도, 그건 아니지!"

"제가 그런 적이 몇 번이나 있다고 그리 말씀하시는 겁니까?"

……너무 뻔뻔하게 나오니 할 말이 없어진 나 대신 세희가 말했다.

"어찌되었건, 그런 이유로 주인님께서는 남은 이틀 동안 이 방에서 제 감시하에 절대 안정을 취해 주셔야겠습니다."

세희가 잠시 숨을 고른 뒤.

"주인님 혼자서 말이죠."

내 분노를 일깨웠다.

"내가 미쳤냐?! 바캉스를 와서 방 안에 틀어박혀 있으라고?!"

내가 어떻게 낸 휴가인데? 내가 여기 오기 위해서 얼마나 노력했는데?! 그런데 방 안에서 굴러다니기만 하라고?! 그게 말이나 되냐!

아이들하고 하고 싶은 일들이 얼마나 많은데!

그래!

"너, 아이들이 그런 말도 안 되는 일을 받아들일 것 같아? 특히 랑이가 가만히 있을 리가……."

세희가 내 말을 잘랐다.

"이는 모든 분들의 동의를 구한 것입니다."
"……뭐?"
"당연히 안주인님의 허락 또한 받아 놓았습니다."
"랑이가?"
"당신의 즐거움보다는 주인님의 건강이 더 앞서신 거겠지요."
아니, 뭐, 랑이라면 당연히 그러겠지만.
그 마음이 정말 고맙지만.
"내 의사는?!"
"그런 말은 자신의 주제도 모르고 무리하신 분께서 하실 말씀이 아닙니다."
결국은 말했잖아!
"그러니 운명을 받아들이시고 오랜만의 혼자만의 시간을 남은 이틀 동안 충분히 즐기시기 바랍니다."
내가 뭐라고 말하기도 전에, 세희가 후, 하고 숨을 불어 등잔불을 껐다.
어둠 속에서 세희의 목소리가 울리듯 내 귀에 와닿았다.
"마지막으로. 그때의 질문에 대답해 드리자면, 그럴 필요가 없습니다, 였습니다. 제 생각에서는 주인님께서 나래 님과 아야 님의 사소한 다툼을 해결하시게 되면, 긴장이 풀리는 동시에 그동안 쌓여 있던 피로로 인해 쓰러지실 거라 알고 있었으니까요."
"너!!"
하지만 그 후로 세희의 목소리는 들리지 않았다.

그렇다고 앉아서 당할 생각은 없기에 침대에서 일어나 문을 열고 나가려고 했지만.

"……윽."

갑자기 쏟아지는 졸음에 나는 그럴 수 없었다.

그것이 오전에 느꼈던 그것과 비슷하다는 것을 깨닫는 순간.

나는 잠에 빠져들었다.

"강…… 세…… 희……."

최소한의 반항을 하면서.

작가의 끼적끼적

완결권을 앞에 두고 외전을 내게 되어 죄송합니다.

몸 상태가 안 좋아져서 한 달 내내 항생제를 맞고 수술까지 하는 바람에 본편을 쓰기 힘들었습니다.

정말 죄송합니다.

최대한 빠른 시일 내에 다시 뵙도록 노력하겠습니다.

◆본 작품의 의견, 감상을 기다리고 있습니다◆

보내실 곳 _

서울시 구로구 디지털로 26길 111 JnK디지털타워 503호
우편번호 08390
(주) 디앤씨미디어 시드노벨 편집부

카넬 작가님 앞
영인 작가님 앞

카넬 시드노벨 저작 리스트

『나와 호랑이님』 17.5
『나와 호랑이님』 17
『나와 호랑이님』 16
『나와 호랑이님』 15
『나와 호랑이님』 앤솔로지 2
『나와 호랑이님』 14.5
『나와 호랑이님』 14
『나와 호랑이님』 13
『탐정의 왕』 앤솔로지
『나와 호랑이님』 12
『나와 호랑이님』 11
『나와 호랑이님』 10
『나와 호랑이님』 앤솔로지
『나와 호랑이님』 9
『나와 호랑이님』 8.5
『나와 호랑이님』 8
『나와 호랑이님』 7
『나와 호랑이님』 6
『나와 호랑이님』 5.5
『나와 호랑이님』 5
『나와 호랑이님』 4
『나와 호랑이님』 3.5
『나와 호랑이님』 3
『나와 호랑이님』 2
『나와 호랑이님』
『나와 비행소녀』

나와 호랑이님 17.5

1판 1쇄 발행 2017년 12월 1일
1판 2쇄 발행 2019년 6월 14일

지은이_ 카넬
발행인_ 신현호
편집장_ 이환진
책임편집_ 유석희
편집부_ 유석희 송영규 이호훈
편집디자인_ 한방울
국제부_ 정아라 전은지
영업 · 관리_ 김민원 조인희

펴낸곳_ (주) 디앤씨미디어
등록_ 2002년 4월 25일 제 20-260호
주소_ 서울시 구로구 디지털로 26길 111 JnK디지털타워 503호
전화_ 02-333-2513(대표)
팩시밀리_ 02-333-2514
E-mail_ seednovel@dncmedia.co.kr
홈페이지 www.seednovel.com

값 7,000원

ISBN 979-11-6145-051-3 04810
ISBN 979-11-956396-9-4 (세트)